我が貧乏人生に悔いはなしアハハ

船戸てるお
FUNATO Teruo

文芸社

目　次

「我が貧乏人生に悔いはなしアハハ」

人生って難しいよな
人生って楽しいよな
人生って地獄だよな
人生って面白いよな
人生って何だろうな
人生ってアハハだよな

第一部　少年期（〇歳〜十四歳）

昭和十五年二月、船戸輝雄、岐阜県武儀郡洞戸村《むぎぐんほらど》（現・関市）に生まれる。日本人の平均寿命六十歳の時代、母親五十一歳の時の子であった。小さい頃は兄たちから「お前なんか恥かきっ子だでお宮参りにもつれてってもらえなんだわ」と言われた事もあった。

当時第二次世界大戦の真最中で、産めよ増やせよで子供は出来ただけすべて産んだ時代。母も五十一歳という、当時としては超高齢出産で私を産み血の道が悪くなり、亡くなる少し前には私の首筋をつかみ、「そこ歩いたら針が刺さる、針が刺さる」と大声で騒ぎ立てて、真冬の雪降りの日なのに南側の障子が開けてあったので百メートルくらい南の県道から雪がぽっぽ、ぽっぽと降る中、傘をさしてじーっとこちらを見ていた向島の宗一さんをかすかに覚えている。

母の葬儀の日に「わーい今日は白いごはんだー」って一人で喜んで、母が亡くなった事も解らずはしゃぐのを見て哀れでしょうがなかったと後に姉に聞いて、少し大きくなってからの事だったたったのでショックだった。

私ら子供の遊びの中で替え歌、

♪　ルーズベルトのベルトが切れて、
ラララ、ラララ、ララララララ――

ラララの部分は歌詞を忘れた。子供達までこんな歌を歌うほど、プロパガンダは戦争にはつきものなのだ。戦争で幸せになった国民はいない。戦争は絶対やってはだめである。

日本が経験した大戦中に、学徒出陣の兵士達が姉に兄に父に母に恋人に幼い弟妹に書いた遺稿集『きけ　わだつみのこえ』を今戦争のない日本だからこそ、現代の若者達にぜひ読んで欲しい。二十歳前後の若者の、父母に対して兄弟に恋人に友人に対する愛を、思いやりを、素晴らしい文章で感じることができる。何度読んでも涙が止まらない。「♪　ルーズベルトが〜〜」と歌ってた数カ月後、子供達の兄貴分的な子が、

「日本は戦争に負けたんやと」

と言ったら、すぐ他の仲間が、

「そんな事言ったら憲兵に捕まるぞ」

って言ったが、

「戦争に負けたから憲兵もおらんのだ、バカ」

って兄貴分が言った。子供心にも何かホッとした思いがあった。

昔の田舎によくあった事で、母亡き後、行かず後家で家にいた母の妹、さかえ姉さんが後添えとして私達の母になった。父重三郎、母さかえ、姉つね、姉とみえ、兄秋

男、三郎、久夫、私輝雄、後に妹喜久美誕生。金一兄は家を出て名古屋にいた。貧乏な家庭で家族が多い上に、父親が病弱で畑仕事も半日もすればバテる様な状態で、収入的には蚕を飼い繭を売り、春には春蚕《はるご》と言い、秋は秋蚕《あきご》と言って養蚕組合から幼虫を買って桑の葉を与えて育てていた。

蚕の時期は大変で、座敷もタタミを上げて床は板張り。家族の寝間も同じで、中に柵を組んで温度計を付け、寒い時は練炭に火を入れ、空気を入れ替えながらいつも温度計を見た。蚕は弱い虫で、湿気がだめで夏の暑さにも弱く病気が付きやすい。

昔の人は大変だった。飼育中は寝る場所を全部取られているので、家族は物置や藁《わら》葺き屋根の小屋裏にハシゴで登って生活していた。蚕は家の大事な収入源なので不満を言う人は誰もいなかった。「もちろんお蚕様」だから。我が家の生活は春と秋はお蚕を飼い、冬場は、秋男兄は山仕事で、女家族は紙漉きをした。その紙は襖の中貼りに使う丈夫な茶色の紙で、原料は段ボールが主で、つなぎに桑の木の皮やとろろ葵《あおい》など入れて漉いていた。

つね、とみえの姉二人は繭から糸を取り出す役割だった。鍋の中でお湯を沸かしながら繭を入れて指でつつき、糸口を出し五本合わせて一本の絹糸にし、手動の機械に掛けて一カセずつ作る仕事をしていた。

大黒柱の秋男兄さんは田畑の作業をやりながら山林の伐採や下刈り、土木作業等々の重労働の日々。十九歳で終戦を迎え、除隊で帰ってからそんな日々が続いた。やがて近所で一人暮らしの駒吉じいさんから跡継ぎがないから三郎兄に跡継ぎとして養子に来て欲しいという要請を受け入れ養子に出し、久夫兄を滋賀県の近江絹糸の定時制高校近江高校へ行かせ、長姉つねを近所の船戸操《みさお》氏に嫁がせ、次姉とみえを岐阜の奥田正年氏に嫁がせるなど、家族への配慮は細やかだったと思う。妹たちのために嫁入り支度もするなど、本当に秋兄は自分の青春は無かったと思う。

そんな兄貴も年頃になり見合いを何度かした。しかしどれも話が進まず、周りの「どうしたものか？」という空気を子供だった私でも感じた。兄貴にもしかして好きな女が？　無口な兄貴にまさかな〜。数年前に一度だけ、川端の修吉さんの所の長女の「ふさえ」さんを自転車の後ろに乗せてニコニコしながら洞戸の役場の方へ行く所を見たな〜。あの人かな？　まさか……。

あの人は岐阜市の宇野家だったか、養女に行ったはずなのにと思っていたが、まさかのまさかで、そのまさか同士で見合いする事になり、話はトントン拍子、苦労苦労の秋兄にもやっと春が来た。しかし「貧農」で家計の貧しさ変わらず。私も小五の頃写生大会で川へ行き絵を描いた帰り、先生が皆にはパレットを洗って帰るように言ったが、「てるお、お前は洗わんでいい」と言ってくれて、そのことがすごく嬉しかった。

次に絵を描く時に、パレットにカチンカチンに固まった絵具を水で溶かして使いたいから、パレットを洗う事が厭なのを先生は解ってくれているのだと思った。先生にはいつも殴られていたのに、メチャクチャいい先生に思えてきた。

又ある時、「てるお、話がある。残っとれ」と言われ、他の生徒が帰ってから、

「お前PTA会費が半年も溜まっているぞ。先生が立て替えておいてやるから」

と言われ、チョット間を置いてから、

「先生立て替えてくれるのはすこし待って下さい。必ず家でもらってくるので」

と言うと、先生はしばらく黙ってから、「そうかわかった」と言ってくれてほっとした。何故あんな事を言ったかと後々考えてみるに、家が貧乏なのは仕方がない、でも先生にPTA会費まで立て替えて貰って、これ以上小さくなって学校へ行きたくなかったのかな〜と。四年、五年、六年の三年間同じ先生だったが、とにかくよく殴る先生だった。

六年生になると修学旅行が名古屋港と東山動物園に決まり、予定日がだんだん近くなり秋兄から「どこへ行くんや?」と聞かれ、「名古屋港と東山動物園や」と答えると、「いくらや」と聞かれたから、「俺は行きたないで行かん」って言った。そしたら、「皆行くんやろ、お前それでええんか?」と言われたが、「うん」と答えた。それで修学旅行は欠席した。

名古屋へ修学旅行に行くのに費用を安くするため、四トントラックの荷台に四十二人ずつ乗せて二台で八十四名。荷台の上に丸太を横に縛って、生徒が落ちない様にしていた。今なら考えられない事だよね。私が行かなかったのは、旅行費が二百五十円（現在だと約八千円）だったのだが、秋兄が家のため家族のために身を粉にして頑張っている時にとても二百五十円いるとは言えなかったから。旅行なんて遊びじゃん。

さて旅行当日学校は休みで、家にいる事も出来ず近くの小山に登った。そこなら真下を県道が走っているのでよく見えるだろうと。人に見つからない様に山の上に行き今か今かと待った。待つ時は長く感じるもので一時間少々待ったぐらいを三時間も待った様に感じた。遠くの黒谷方面からもうもうと土煙を上げながら走って来るトラックらしき物が見えて、「キター」と思って立ち上がりながらずっと見ていたが、牧目を越えて見えなくなるとポロッと涙が落ちた。

本当は、本当は僕も行きたかった。さかえ姉が後添えとして母になってからも、おかあちゃんと言わず、さか姉と呼んだ。ある日さか姉に集落内にある雑貨店の組合で豆腐二丁、帳面《ちょうめん》（つけ）で買ってきてと言われたが、前にも一度断られた事があったので、帳面で買いに行くのは嫌だなと思いつつ店に行くと、案の定「帳面で」と言うと、「てるちゃん、秋兄に『前の帳面が残っちょるで、前の分が済んでからにしてね』って言われたと言っちょいて」と店の人。「はい」と言って空の器を持って帰った。

家は貧乏だから仕方ないと思いつつもショックだった。次の日学校に行く時も、店の方を見ないで早足《はやあし》で通り過ぎた。

実家は藁葺き屋根の家で八畳二間、六畳二間、土間八畳分と土間六畳分、紙屋十二畳分、台所十畳分ぐらいと別棟に風呂とトイレがあり、水は沢水を竹の樋《とい》で繋ぎ、家の前の水船《みずふね》まで持って来る。樋にはすぐ葉っぱが詰まるのだが、掃除は子供の仕事。食事は囲炉裏を囲んでコの字形に座って食べる。親父は囲炉裏で薪を焚くから、一番煙たくない所が定位置で、一番煙い所にはさか姉さんが座ってくれた。昔はテーブルが無く、皆箱膳《ばこぜん》だった。自分の茶碗や箸を自分の箱型の膳に入れて厨子《ずし》に片付け、食事時各自で出して使っていた。敗戦日本の食糧事情の厳しさはすさまじく、特に都市部の住民は大半が家族の食糧の調達に追われ、山奥の洞戸村にも連日各地から、何でもいいから、少しでもいいから食糧を売ってほしい、交換してほしいと、着物（大島紬《つむぎ》や友禅）や懐中時計などを持って大勢が押し寄せていた。着物で腹は膨れんでね〜。当時希少で高級だった筈のゴルフの道具を持ち込んだ様な人もいた。ゴルフ道具がさつま芋五個分にもならず、何事も狂っている事が多かった。

大変な頃なのに、親父は物貰いが来ると、「今日だけ家に泊まって行け」と泊めていた。昭和十九年（一九四四年）中頃から、特に田舎の家はどこも、〝空襲で家は燃えても家具だけは何としても助けたい〟という人達の荷物を預かった。実家も岐阜市の知人の知り合いだとか、名古屋の兄の会社の社長の弟だとか、とにかく顔も知らない人の預かり物が家中山の様に有った。戦後二年近くになっても取りに来ていない荷物があったと思うが、多分中身はネズミに食い荒らされ、タンスも穴だらけ、預けて下さった方には申し訳ない事だった。

当時日本国民の大切な食糧を食い荒らすネズミ退治のため、村役場が中心となり、ネズミ退治の証拠にネズミの尻尾を切って役場又は学校へ持って行けば、一匹十円（約三百円）の報奨金がもらえて、一生懸命尻尾を運んだ。

昭和二十一年（一九四六年）四月、洞戸小学校大野分校に入学。新一年の同級生は九名だった。一学期が終わり二学期になると、教科書が黒塗りだらけになった。現人《あらひと》神《がみ》天皇から人間天皇へ。教育現場も大混乱、教員も大量不足、新六・三・三制の教育の始まりなのに、臨時募集の新教員達と共にスタート。村でも先生が不足し、見性《けんしょう》寺《じ》の奥様だったカヨ様が分校の先生をして下さる事になり、時には生まれたばかりの女の子（あっちゃん、だったかな）を抱いて学校へ。そんなのんびりした所もあった。働き方の多様性が問われる昨今だが、カヨ様は八十年先取りしてたのかな～。

毎日が麦ばかりのパサパサの飯だった。その上嵩《かさ》増《ま》しのため、さつま芋の角切りを入れて炊くので、上手く炊くのも難しい。ご飯は米がほんの少しでおいしくなく、オカズは味噌汁の具もないので、うどん粉を練って熱湯に落とすだけのスイトン。漬物は色々あった。ナス、キュウリ、ダイコン、白菜、ゼンマイ等。冬場は夏野菜を塩抜きして炊き直す。味噌も手作りで仕込んで十カ月はかかった。さか姉がおやつに、彼岸花の芋で万頭《まんとう》を作ってくれた事もあった。彼岸花の芋には毒があるので水でさらしていたみたい。サッカリンで甘みを付け、うまいと思った。シマヘビも食った。猫は鍋で煮たが、泡がいっぱい吹いて気持ち悪いからってやめた気がする。

ある日さか姉から、「お前、麦飯が嫌なら自分で炊くか」と聞かれて、ウンと言ったがチョット自信がなかった。何とかなるだろう。五年生から毎日自分の分だけ炊いていた。おかずは作ってもらえないので、真ん中に梅干一個の日の丸弁当。中学三年まで他のオカズは持った事なし。

担任の松田好彦先生は若くて元気で元気で、本当によく殴られた。クラスで船戸輝雄、野村勉、船戸勝久の順で殴られたが、今の子のような不登校とか全く考えた事はなかった。村も学校も予算がないので、ドッジボールなどスポーツ用品を買うため全校生徒で茶の実を拾って集め、業者に買って貰っていた。松田先生は、「冬は寒いからボクシングやろう」と言って、よくボクシングをやった。イスに付けてある生徒の座布団を手に巻いて、「校長が来るとあかんで、誰か見張っとれ」と言いながら。

冬のある日、ストーブの周りに皆がいる時先生が突然、

「明日から昼飯はさつま芋しか持ってきてはいかん事にしよう」

と言った。貧乏人の自分達は大賛成で、洋服の仕立屋の息子の長屋宏君が、

「先生、家は畑がないから芋がないんで、弁当持ってきていいですか？」

と聞いたら先生が、

「それは駄目だ。お前の家はさつま芋ぐらい買えるから、買って持って来い」

と言った。気位の少し高い女の子が恥ずかしそうに食べるところや、地元の金持ちの息子達のさつま芋弁当の嫌そうな顔を見て、フンと痛快な気分だった。——気持ちいい——。

松田先生はよく殴るし、大声で怒鳴るが、今度のように金持ち面《づら》している態度の悪いやつらをチクッとやってくれるからうれしいんだよな。松田先生は瞬間湯沸かし器のような人で、私なんか一日おきぐらいに殴られていたから、大好きな先生とは言えなかったけれど、良いところもいっぱいある先生で、ある時クラスの生徒全員に一番好きな先生の名前を書けと紙を配られて、皆あれだけ殴られているのでクラスの半分は違う先生の名前を書くだろうと思っていたらビックリ。開票結果は一組の小見山先生の名前を書いたのは私ただ一人。松田先生も一言、

「輝雄お前か〜〜」

「ハイ僕です」

「そうか」

で終わり、その後も変わらず接してくれた松田先生には、感謝でいっぱいです。大人になってから、何故あの時小見山先生と書いたのだろうかと思った。松田先生は何故あのアンケートを書かせたのか。先生は生徒を叱る時も遊ぶ時も勉強も全力でやってきた。その成果をチョット見たかったんじゃないかな。クラス全員の支持が欲しかったのに、残念な奴が一人いた。という事で申し訳ありません……。


小学二年生の頃、屋敷内の幅四十cmぐらいの用水路を越えた所に、ビール瓶が割れて半分土に埋まっていたのを気づかずに飛び込んでしまった。右足の踵《かかと》が切れて真っ赤な血が噴き出し、アキレス腱も切れる大ケガをしてしまった。さか姉がリヤカーで洞戸の林医院までいつも連れて行ってくれた。場所が足首なので治りが悪く、又薬品も良くなかったのか、何度も膿んでは切りで、完治までに一年半も掛かった。痛いからビッコを引いている内に、傷が治った後もビッコのクセがついてしまっていた。中学二年生くらいになり少し色気づいてくると、ビッコのクセが気になって気になって、学校の廊下の先にある鏡の前で、人が来ない内に練習〳〵で少しずつ治ってきた。一年半も右足を使っていなかったからか、私の右足は左足より一cm小さい。ビッコのクセも八十三歳の今でも疲れていると出る様で、時々「船ちゃん歩き方がおかしいよ」

と言われることがある。

洞戸村は川に恵まれた土地で、長良川《ながら》の支流板取川《いたどり》が流れ、夏は鮎の友釣りで生活するプロもいた。地元では「ポン助」と呼んでいた。友釣りも今は趣味の人ばかりでプロはいなくなったみたいだ。

秋頃になると、各務原《かかみがはら》市の米軍キャンプから兵隊達がキジや山鳥を撃ちに来る。彼らはチョコレート菓子、キャラメル、ガム等をくれるので、子供達が彼らの後をゾロゾロ付いて歩く。子供達の目当ては菓子だけではない。彼らが撃ち込む銃弾の薬莢《やっきょう》を拾いたいからだ。何しろアメリカ兵の弾の使い方がメチャクチャだ。散弾も連発、ライフルも十連発。橋の上からも鮎に向かってライフルをバリバリと発砲。子供達は大喜び。明るいヤンキー達は子供達の事も大好きで、上手に遊んでくれた。時々子供にもわかったのは、車に乗せて持ってきた毛布を、一枚千円とか五百円で、「おばちゃんどう?」って売っていた。「お前は軍でチョロまかしてきたな」と思って見ていた。

実家は戦後、襖の中貼りに使う茶色の紙を漉いていた。主原料は各務原市の米軍キャンプから出た段ボールである。どんなルートで我が家に来たのかは知らない。段ボールが着くと、捌《さば》くのは子供達の仕事。段ボールに何が入っているのか楽しみで、中には缶詰の食べかけ、パンのカケラ、プラスチックのスプーン等が入っていた。いつも探したのは、ブルーとかブラウン色のザラメの砂糖。多少大きいのや小さいのがあったが、見つけるとすぐ子供達は袋から出してバリバリ食べて、

「アメリカの砂糖って甘くないいな」

「うん、甘ない」

「アメリカ人はあんなもん食って甘いんやろか？」

などと言っていたが、食べていたのは砂糖ではなく乾燥剤だった。別に腹も悪くならず済んだが——笑い話。

話しながら段ボールを片付けていると、探し物の中にゴム風船があった。汚れてグチャグチャで使えない物もあったが、中には新品で箱のまま入っているときもあった。実はこれ米軍の衛生用品である。小学生が物の使い方など知るか！　性能の良い楽しいゴム風船だった。


母が亡くなり、さか姉が母になり、妹喜久美も生まれ、貧しさは相変わらず。

「近所の人が『岐阜の知人のお見舞いに病院へ行って来たで、御裾分け』とバナナを一本貰ったで」

と、さか姉が小さい方の兄弟数人に二㎝くらいずつバナナを切り分けてくれた。口に入れるのが勿体なくて、飲み込むのも勿体なくて、兄や妹が飲み込んでから最後に

食べ終わる——何というおいしさ。日本一幸せな気分。貧乏人はありがたい二cmのバナナで日本一幸せな気分になれる。安上がりだね～。

小学生だった私の小遣いは、十円を月の一日、十五日の二回だった。当時は森永ミルクキャラメルが十円、ミカン水三円、ラムネ五円、アンパン十円、コッペパン十円だった。そんな時代、戦後の物資不足でガソリンも入って来ず、バスもトラックも木炭車になった。トラックは、運転席の後ろの荷台に温水器の様な形の窯を乗せて走っていた。バスも客席の後ろの部分に窯が取り付けてあり、運転手は時々停車して燃料補給する必要があった。直径十cm～十五cm、長さ十cmの丸太を手斧で大体六つに割った物が当時木炭車の燃料として燃料（ガス薪）に使われていたと思う。

つね姉さんの嫁ぎ先の夫、船戸操さんが自動車向けの燃料ガス薪工場《こうば》を立ち上げ、子供達も五、六人ぐらいがお手伝いしていた。仕事は直径十cmくらいの丸太を長さ十cmくらいに切った物を手斧で約六ツ割りにする事。工場も順調で活気もあり子供達も元気にバイトをしていたが、ある日事件が起きた。三歳ぐらい年上の源一さんだったと思うが、人差し指だったか小指だったか忘れたが、手斧で指先を切り落としてしまったのだ。大騒ぎとなり、学校にも知れて、子供達のバイトは全面禁止となった。

当時の木炭車は馬力が不足で、バスなどは牧目の坂道で登れず、客を全員降ろしてバスを押して貰って乗り切る。客が少しなら大丈夫だった。不足物資の代替品とは哀れなもので、あれだけ活気のあったガス薪工場も、ガソリンが少しずつ出回る様になると、あっという間に傾き倒産した。工場は製材人工乾燥室、倉庫事務所等を新設して開業し、すべて順調に行っていたのに、高利の資金調達で開業し需要が予想より何倍も早く無くなった。義兄の橾さんは高利負担にこの先ずっと苦しむ事になる。

橾さんは本当に良い人で、出兵していた満州から引き揚げて来て、チョット洒落た洋風の理容道具を持っていて、当時和田集落には十七、八戸あったかな~、大人も子供も皆無料で頭を刈ってくれていた。大人は革ベルトでシャッシャッシャと砥いだ洋カミソリで顔そり、カッコ良かったな。私の家では、父親が「家の中では四ツ足の物は食うな」と食べさせなかった肉も、橾さんは牛のすきやき等、「俺ん家で晩飯食ってけ」と食べさせてくれたり、華やかな事が好きで、少しせっかちで短気な所もあったが優しい人だった。家の貧しさで学用品の絵の具のお金がほしいと言えず姉の家の井戸端でウロウロしていると、いつも「輝雄どうした、学校で何か要るのか?」と聞いてくれて、姉が「絵の具が二本で四十円要るんやと」と言ってくれて、「そうかほれ持ってけ早よ学校へ行け」といつも助けてくれた。

姉の家に行きにくかった時は、画用紙、帳面、習字の筆、その他学校で入用の学用品はすべて忘れましたと言った。半分ぐらい殴られた。お金のない家だから学用品が買って貰えないと言いたくなかった。殴られた方が楽、殴られても痛さは感じなかった。

義兄の操さんは木炭工場がダメになり、次に古い「ふとん」の固くなった綿を打ち直してフワフワにする古綿の打ち直しの仕事を始めた。近隣の村々を犬付きのリヤカーで配達をしながら古綿を回収していく。綿は軽いが打ち直すと何倍かになるので、配達でリヤカーに積み上げると、少しの風があってもすごく重い。だから犬も手伝い。私もリヤカーの後ろから押す役で、時々付いて行く様になった。借金長期返済中の義兄操さんは、朝から晩までよく働いた。若い頃から近眼だったが、働き過ぎと栄養不足で目がどんどん見えなくなり、私は名古屋の藤田学園病院の真島先生に診察して貰ったらと予約し、半年待って診て戴いたら、「過去にレーザーで手術し過ぎて、目の組織が死んでしまっているから、私が手術しても三カ月くらいでだんだん元に戻ってしまいますよ。手術代が勿体ないからやめたらどうですか？」と言われて諦めたそうだ。晩年は盲目ではあったが、九十一歳という長寿で大往生の生涯だった。

後添えで母になったさか姉は、私をいつも可愛がってくれた。分校の小さな運動場も掘り起こして食糧増産のためさつま芋畑になった。芋蔓《づる》を食い、ワラビ、ゼンマイ、野草、食える物は何でも食べた。自分の分を削っても私にくれた。そんなさか姉が、「輝、母ちゃんの墓参りくらいせにゃ。いつも逃げてばかりじゃあかんぞ～」

「そうやけど、母ちゃんなんて墓の中では土になって埋まっておるだけやろ。そんな所へ行きたない」

「違うじゃろ。母ちゃんは、輝が体が弱いで少しでも元気に学校へ行けるように墓で見守ってくれてるんや。時々は水やお花を持ってお参りに行かな」

「俺は墓はキライやで行かへん」

　そんな訳で、一度も行った事がなかった。

　学校での予防注射も色々あった。ツベルクリン反応陰性者に接種するBCG、天然痘――。天気の日に学校の外で校医が注射針の先をガーゼでチョット拭いて打ち、チョット拭いて打ちの注射器の回し針。これが現在の後期高齢者等の肝硬変、肝臓癌にも通じている。又海草の虫下しも家から湯呑み持参でいつも飲んだ。特に子供達に回虫がいっぱいいいた。毎日の通学路で決まった場所まで来ると「うんこ」がしたくなる。仕方がない、少し離れた草木の陰で「うんこ」をすると、小さいやつは五㎝くらいから大きいのは二十㎝ぐらいで太さはうどんほどの回虫が白い色でウジャウジャと生きていた。子供達に特に回虫が蔓延していた。「うんこ」がしたくなると、回虫が尻の穴の所で三㎝くらい出て左右にピンピンピンピンと動いているので、ズボンに手を入れて先を捕まえて引き抜くと、十五㎝から二十㎝の奴が出てくる。丈夫で、引っ張っても千切れないゴムの様な感じ。「うんこ」を出し終わると木の葉で尻を三回拭く。

一回じゃ拭ききれなかった。

学生服も兄達の古着だが、ズボンの折返し部分やベルト付近、縫い目の間には必ずシラミがいた。ノミもいた。どこの家も皆同じだった。朝学校へ行くと「今日はＤＤＴの日です」と、先生が石灰のような真っ白な粉薬を頭から「ぶっかけ」た。男子も女子もお構いなし。服は真っ白で、鼻もツンツンして、ノミやシラミを殺すのに大騒動。後にＤＤＴは猛毒で発売禁止になりビックリした。


夏の板取川は最高。夏休みは朝家を出る時新聞紙に塩を一つかみ包んでポケットに入れ川へ。途中の他家の畑でキュウリを三本くらい取ってポケットに入れ、他の畑でダイコンを探す。ダイコンは土の上から少し出た、グリーン色の多い奴がいい。グリーン色の所は生で食っても甘いのだ。夏のダイコンの白い所は辛くて食えないので、グリーン色した所だけ食ったらポーンと捨てる。

川魚もジャッコ、ドンコツ、赤ネギ、白ハエ、ウグイ、アマゴ、アユ、ウナギ、アジメドジョウ――色々な魚種がいた。小学生では鮎、うなぎ等高級魚は無理なので、専ら私は「のど井」と呼んでいた竹カゴで、中にミミズを入れて赤ネギ（ギギ）を捕っていた。朝早く起きてカゴを水中から上げる時が一番楽しみ。上げた時カゴに重みがあり中に魚のいる気配が解る。入る時は四十四匹も入るが、だめな時は二匹か三匹し

か入らない。ギギは十㎝くらいで形はナマズと同じ。体色は茶色。背鰭《せびれ》に針を持ち刺すので好かれない魚であるが、さか姉が、
「てるが取ってきたで」
と、いつも乾燥させて「うどん」の出汁によく使っていた。

食事の時の父親の箱膳の中にはいつも何か入っていて、それが欲しくてしょうがなかった。カツオフレークの缶詰、桃屋の塩辛、岩海苔等、皆ほしい品ばかり。さか姉が、「父親にばれるとあかんで。内緒だよ」とそれを小皿に入れて私の箱膳に入れて置いてくれたことがあったが、父親がいる時は出して食えず、学校帰りの四時半か五時頃、一人でつまみ食いしてうまかった。それが頭に残ったらしく、未だにカツオのフレーク、桃屋の塩辛、岩海苔は大好きである。

昔は、集落の畑にあるさつま芋を狙い、夜間に猪が出てきて食い荒らした。集落の山裾に鉄条網で柵をし、落とし穴も作ってあったが、猪は落とし穴には絶対落ちなかった。ガス砲も音だけなのですぐに馴れてだめ。丸太で八畳ぐらいの広さの囲いを作り、猪が中に入ると入口の戸がストンと落ちるタイプのワナが有効だった。山裾の鉄条網は夜間通電していたが、中部電力には内緒で電気を流していたので、会社にバレて盗電だと言われて、集落の役員さん達は大変だったそうだ。

子供の頃はいつも腹が空いていたが、草野球が盛んだった。特に他村との対抗戦の時などは村中の盛り上がりになるほどで、チームも全洞戸チームとして編成。一塁風穴の二郎さん、ピッチャー風穴の幸雄さん、キャッチャー組合の行雄さん（当時大学生だったと思う）、三塁は通元寺の三次さん——とかその程度の記憶しかないが、「すごいな〜カッコいいな〜」と憧れの的だった。試合会場も一試合ごとに交替で行い、勝っても負けてもお互い大応援団含めて大騒ぎ。時には村境等でお互いの応援団同士で石の投げ合いの喧嘩もあった。

又子供の頃の僅かな楽しみの一つは、年二回必ず回って来る富山の薬売りのお

故郷、洞戸村の風景。

じさんだった。大きな風呂敷包みを背負って村々の置き薬の薬の補充と精算にやって来るのだ。家の者と一通り話が済むと、子供にオマケで四角く膨らむ紙風船を二枚くれる。それがメチャクチャ嬉しかった。二月になると毎年土雛《つちびな》を売り歩く行商人《ぎょうしょうにん》がいた。冬場のアルバイトに作り置いた土雛を売り歩くのだが、村人のじいちゃん、ばあちゃんと売り手のおじさんの駆け引きが本当に面白かった。村人は誰も自分は他の誰より安く買ったと喜んでいたが、売り手のおじさんはそんな事は全部見込んで売っていたのが子供心にもわかって面白かった。昔の田舎はお雛様を新聞紙に包んで木箱に入れ、押入れに入れたり、長持ちの中に片付けてあったが、雛祭り様に出す頃にはネズミに引っ掻き回されて毎年二、三個割れているので、結構売れた。先年（令和三年）飛騨方面へ旅した時、各地に土雛が残っているのを見て、当時の行商人も郡上《ぐじょう》や飛騨から来たのかと、少し感傷的になった。

物売りの話にはもう一つ、茶碗の早売りがある。春秋のお祭り前くらいだったと思うが、集落の雑貨店横の広場に「今晩六時より茶碗の早売り」のビラ。縄で縛った陶器類を山積みに並べ、カーバイトのガス灯のぼんやりした灯りの中、早売り開始。「年に一度の茶碗の早売りだよ。さて今日はどれから行こうか。このトックリどうだ！　トックリ二本にオチョコ六個、そこの父ちゃんどうだ！　この艶、この色、たまらんだろう。これで飲んだら元気が出るぞ～。元気が出れば母ちゃんも喜ぶ。さ、トックリ二本とオチョコ六個、千円でどうだ！　高い？　よしやむをえん、九百円！　八百円！　七百円でどうだ！　もう一声だとバカヤロー！　俺も拾って来たんじゃねえんだよ、瀬戸までガソリン使って仕入れに行ってんだよ、エエィ、俺もクソ重い物持って帰りたくねえよ、やけくそだ！　六百円で持ってけドロボー!!」

　こんな調子で夜半まで続き、大笑いしながらバナナのタタキ売りと同じで会話の楽しいイベントだった。


　中学生になると奥洞戸には中学校がなかったので、洞戸中学校へ二十数名で合流し、賑やかになった。新教育の六・三・三制による新中学校で、物資不足の当時としては新しくて気持ちの良い学校だった。敷地の一部に大昔の墓地も含まれていたらしく、私達の中学入学時には、保健室に一体の「ガイコツ」が標本として置いてあった。私の昼飯は日の丸弁当なので「オカズ」は梅干一つ。弁当箱にお茶をかけ五分で昼食を終え、保健室から「ガイコツ」を持って来て先生の教壇の上に置き、運動場へ遊びに行く。まだ食事中の女の子達が、「気持ち悪い〜」「食事が出来な〜い」と騒ぐのが面白くて、年中そんな悪さをした。

　箸も毎日学校の裏山で笹竹を切って作り、俺は箸は新品しか使わんと言って自慢していた。小学校の頃から自分の弁当分の御飯だけ炊いていたが、最初の頃は家の飯がさつま芋のサイコロ切りと麦が多くて米があまり見当たらなかった。でも中学へ通う頃には家の飯も流石《さすが》に芋のサイコロは無くなっていた。

中一の担任は奥村とし子先生で、これが誠に強い女でよく叱られた。私は横着で中学卒業するまで宿題もした事がなく、勉強する気もなかった。生意気にも、「貧乏人の小倅が少しくらい勉強して田舎の高校出て、将来何になれる。無駄な事はしたくない」――その程度の考えしかなかったので、宿題も勉強も家でやった事がなかった。

奥村先生が「船戸君宿題は？」って言うと、いつも「忘れた」の一点張りだった。

「今日は残っとれ」と言われ、

「君は先生をバカにしてんの？　バカにしてんのか！」

と怒られた時私が、

「家は机も無いし電気も暗いので、家では出来ません」

って言ったら、

「馬鹿な事言うんじゃない、やる気があればどうにでもなる。君にやる気がないだけでしょう」と。

その通り、その通りなんだけど、カチンと来た。私にだけ「明日までにやってこい」と、音楽の問題で題名は忘れたが暗記の宿題が出され、次の日宿題して来たかと聞かれて私が答えると、「やれば出来るじゃん、ズルしちゃだめだよ」って言われて何も言い返せなかった。一番苦手な先生だった。それがトラウマで、未だにあの音符は忘れない。ミレドミレドドラドソミドレミレドミレドドラドソミドレレレドシドレソソラソドドラファラソミレドミレドドラドソミドレレレドシドレソソラソドドラファラソミレドミレドドラドソミドレレレドー——あっはははは……。

昔はハエもいっぱいいた。ハエ取り紙（A４の紙にネバネバの液が塗ってある）、ビン（中にトウガラシの水溶液が入っている）、リボン（三㎝くらいの幅の紙にネバネバの液が塗ってある）などがあった。リボン式のハエ取り紙は、各家や店の天井に画鋲で止めてぶら下げてあった。柱時計の機械のようなゼンマイ仕掛けのハエ取り機もあった。学校から帰って腹が減り釜の蓋を取ると、中から真っ黒い塊となって何百匹もハエが飛び出して来たこともあった。そいつを手でパッパッと払い、お茶を掛け漬物で食ったりした。冷蔵庫のない時代だから夏はすぐ御飯も臭くなったが、その臭くなった御飯も水で洗って食べたりしたが、腹を下すこともなかった。

山村は現金収入も少なくて自家製が多かった。食糧では先ず漬物。ワラビ、ゼンマイ、ナス、キュウリ、タクアン、梅干、白菜——。漬物として食べるだけではなく、塩抜きして煮物にもした。「味噌」や「溜り（醤油）」も作ったし、畑で蒟蒻《こんにゃく》芋を栽培しコンニャクも作った。小豆を植えてあんこも作り、大豆を擂鉢《すりばち》で擂り、味噌汁に入れ豆腐の代用にし、夜なべに藁草履を作り、縄をなって作れる物はできるだけ家で作った。我が家は夜になると風呂に入りに来る人が多くて、小中学生を通して風呂番をさせられた。地獄風呂で、谷から引いた水船のある場所から風呂のある所まで十mくらいあるのだが、両手に十五ℓ入りくらいのバケツを二十杯くらい運ばなければならなかった。チョットした重労働だった。

薪で火を焚き、入浴中の人に湯かげんを聞きながらの火の番。時間も長かった。何度も逃げ出した。風呂に入りに来る近所の人達は自分の家に風呂のある人もいて、特に冬の夜長は囲炉裏を囲んで皆でワイワイ雑談しながら楽しんでいた。蒸したさつま芋、白菜の漬物、お茶を出して、家は近所の社交場的存在だった。時には近所のおじさんが白菜の漬物を食べながら掌に種を載せて、

「輝ちゃんお前が夏に食ったスイカの種じゃ、ほれっ」

と私の方に放り投げて皆で大笑い。当時は人糞も大事な肥料で、大の方も小の方も水で薄めて使った。夏にスイカを食べて出た人糞を、秋に白菜の苗等に肥料として掛け、白菜が成長と共にその種を巻き込みそのまま漬物になったのだ。よくある事で、誰もビックリはしてなかった。

親父は時々学校帰りに薬を買って来いと言った。メモ紙に炭酸ナトリウム五十g、人参キニーネ六g、胃酸二十g等、知らない薬の名前が五種類くらい書いてあった。それ

を自宅で調合して飲んでいた。あんな事で本当に病気に効くのかといつも思っていた。

中学一年の秋、学校で大事故があり、一学年上の輝昭君が亡くなった。運動会の準備でグラウンドに土を入れるため裏山の斜面を掘っていたところ、奥に掘り過ぎて斜面の張り出した部分が落ちて、中学二年の生徒三名（輝昭君、守君、？　君）が生き埋めになった。村人に掘り出されたが、輝昭君だけ帰らぬ人となった。校史始まって以来の惨事で、村中哀しみに暮れる事態になった。彼は私の一番の友達で、御両親もやさしい人で、輝昭君の家でお菓子を貰ったり御飯を食べさせて貰ったり、本当によく遊んだ。一人息子を亡くした船戸永作氏夫妻の嘆きは深かった。ず～っと見て来た妹のやす子ちゃんも辛かっただろうと思う。

秋の初め頃、黒谷の発電所（五万kWくらい・大阪方面に送電）の放水口にある新渕の底に鮎が落ちて来る。水力発電のタービンに叩かれて頭の無いものもあるが、そのままの姿のもいっぱいいる。朝早起きして川に潜って拾いに行く。仲間に誘われて行くのだが、九月十日前後の板取川の水は冷たかった。潜るのも得意じゃなかったので鮎はあまり拾えなかったが楽しかった。学校から帰ると、蒸したさつま芋か茹でた莢《さや》えんどうが飯の足しにいつもあったが、何も無い時はじゃが芋やさつま芋で澱粉《でんぷん》を作って食った。さつま芋を下ろし金で摺り、手拭いで搾る。五分～六分で澱粉が茶碗の下に溜まるので、上澄みを捨て熱湯を入れかきまぜる。サッカリンを少し入れておいしいおやつの出来上がり。えんどうは莢の端を持って口に入れ、手で扱《しご》いて筋をピッと捨てていっぱい食べた。

集落では、私を始め正道君、薫君、英治君、順治君、弘国君、仁君、松男君らといつも遊び、組合せはいつも違ったが悪さばかりしていた。人が通るだけの川に通じる細い道に両側から草が生えているので、それを縛り五カ所くらい作って置くと歩いて来た人は必ずつまずいて転ぶ。それを物陰で見て大笑いして逃げる。道の両側に長い草のある所はあまり無いから、今度は集落の中の砂利道に仕掛けようと言って、各家から五寸釘を持ち出し、釘二本に針金を縛り針金部分を半月形に曲げて、釘を地面に打ち付け半月状にした針金部分だけ地上に出して置く。それを数カ所作って置くと、何人も見事に転んだ。石垣の陰に隠れて、大人の男の人が転んでもじいっと隠れて声を出さず、女性や子供が転ぶと声を出して笑い、大人のおばさん達は「コラー」と怒るが笑って逃げた。しかし少しケガした人も出て、学校に通報され、中学の校長から大目玉を喰らった。

子供達が野球をしたくても、野球ボール等は無い。ビー玉に布を巻きつけ、糸でぐるぐる巻きにしてボールにした。ビー玉の代わりに石ころも使った。グローブは布製のもの。真ん中のボールが当たる所だけペラペラの革を貼った物もあったが、高価で持っている奴はいなかった。河原のいつも野球をやっている場所をきれいにしようと、野焼きをすることにした。真竹に枯草をいっぱいつめて火を付けて五、六名であちらこちらに火を付けた。最初こそ順調に燃え広がったが、風が少しあった所に火を付けてしまった。風の勢いが増し、「ヤバイぞ！　火を消そうぜ」と言った頃にはもう遅い。学生服で叩いても生木の枝を折って叩いても、服や枝に火の粉が付いて他が燃え出し手が付けられなくなった。その頃になると遠くの県道から大人達が四〜五名こっちを見ていたが、皆火消しに夢中でそれどころじゃない。真っ黒になりながらやっと火を消した。へたり込むほど疲れた。少し火傷した子もいた。当然学校にも知れて怒られ親にも叱られた。

しかし、悪ガキどもの「悪さ」は止まらなかった。今度は何をやろうかと考え、不二家のミルキーのような飴の包み紙を集めて石ころを包んで元の箱に入れて道の真ん中に置いた。石垣や木の陰に隠れて見ていると、何とか君の姉ちゃんが来た——静かににじいっとしていると、その姉ちゃんがキョロキョロと周りを見て箱を拾った。そのまま家に持って行けばいいのにと思っていると、中を開けて包み紙をひねって開けると石ころが出て来た。辛抱出来ず皆立ち上がって「ワーッ」と大笑いした。姉ちゃんは石ころの入った箱を私達の方へぶつけて「タワケー」と言いながら真っ赤な顔して走り去った。「今日は面白かったな〜」と、悪ガキどもは大盛り上がり。

「あそこの姉ちゃんチョット美人やなー」

「悪さしたろ」

「何やろうか？」

「あの姉ちゃんいつも夜八時に風呂へ入るで、覗いてビックリさしたろか」

「面白え、やろ、やろ」

となって、先ず下見。

「風呂の窓が高いでな」

と、下級生で六年生の子に、「お前が今回は主役だ」と言い、こう命じた。

「風呂の窓は高いから、あまりチビでは無理だし、俺達じゃ首から上が中から見えるからだめだ。お前が丁度いいから、今から言った通りにやれ。

まず、缶詰の空き缶を一つ拾って来い。それに水を入れて、窓の下にそっと近づいて敷居に缶詰の水を静かにソロソロ流せ。それから戸を少しずつゆっくり開けろ。

窓を開けると風が入って中が寒くなって窓を閉めるために立ち上がる。そのとき丸見えになるはずだ。

敷居に水流してから開けたら音が出ん、心配するな。明日は土曜日、姉ちゃん必ず風呂へ入る。よし明日の夜やるぞ。みんな七時半集合な！」

さて当日の打合せ。

「万一姉ちゃんにバレて怒られたら、裸なんか見えてても見えなくても、みんな大声で『見えた！　見えた！』と言いながら逃げろ。よっしゃやるぞ〜いけ〜」

小六の男の子は、へっぴり腰で近付き水をソロソロ流し、戸を少しずつ開け始める。固唾を呑んで見てると、半分ほど戸が開いた所で姉ちゃんに気づかれた。姉ちゃんは窓をいっぱい開けて「バカーッ！」と言い、湯桶一杯の湯を小六の男の子に向かってぶっかけた。悪ガキ連中は打合せ通り、「見えた！　見えた！」と大声で言いながら逃げたが、風呂の湯気はモウモウで、ほとんど姉ちゃんの裸など見えなかった。メチャクチャスリルがあって楽しかった。この件については、学校でも親にも怒られなかった。姉ちゃんは誰にも言わなかったのかな〜。何にも見えてなかったのに……。

通学の行き帰りには、黒谷集落の道端近くの物置の屋根に干してあるさつま芋も度々失敬していたし、隣の早苗ちゃん家の桃や柿も勝手に戴いていた。戦後の村にも結核の人もいて、この病気は栄養を多く必要としていて、その家にヘビを捕まえて棒の先にぶら下げて持って行くと二十円ももらえた。子供達には大収入なので毎日でも持って行きたかったが、一週間に一回でよかった。それから「青大将は青臭くてだめだよ」と言われて、シマヘビに変えた。ヘビと言えば「ヤマカガシ」はおとなしいヘビで、いつもおもちゃにして遊んだ。ヤマカガシがカエルを呑んでいる所を見つけると、みんなで車座になって見た。ヘビは獲物を呑んでいる時は全く動かない。十分くらいで全部呑み込む、それからそば打ちに使うくらいの丸太で、ヘビの尻尾の方から今呑み込んだばかりのカエルを押し出すと、もうカエルの手や足は溶け始めていて「わーっ、ヘビってすげえなー」と言って棒で叩いてヘビを殺し、ポーンと叢《くさむら》に捨てた。ヤマカガシは模様が小豆色だったので、田舎では小豆ヘビと言って、子供達が見付けるとメチャクチャにして遊んでいたが、近年（二、三十年前）ヤマカガシに毒がある事が判明した。よく噛まれずに済んだものだ。

村にも数回紙芝居が来たが、飴を買えない子は見せても貰えず、又飴もあまり売れなかったみたいで、三回くらいで来なくなった。来ないなら俺が作ったろうかと作り始めて、十枚ほどの絵の裏に物語を書くんだが、今紙芝居を見ている方の絵と読む方と合わせるのが意外に難しい。何とか出来た紙芝居をチビ達から三円くらい取って三回か四回やった所で、近所のおやじから、「中学生が子供達から金を取って見せるとは何事だ」と叱られ、秋兄からも「たわけた事をするな」と叱られ、又ショボン。

冬場は「そり」を毎年作っていた。私達の「そり」は手綱を引いて舵を切る舵付きで、作るのに時間がかかった。竹を切るのに家から鉈《なた》や鎌を持ち出した。竹を切ると刃がすぐにボロボロになり、親父や秋兄からメチャクチャ怒られた。学校帰り、電柱に二個ずつ付いている碍子《がいし》に下から石を投げて割る。中に硫黄《いおう》が入っているので釘でほじくり出して集めていた。硫黄の多さを自慢したいだけで何の役にも立たなかった。これも中部電力から学校に通報されて又々大目玉。

九月の二十日前後になると、チャンバラしながら彼岸花斬りに行く。棒を各自手に振り回すと、花の首が見事に飛んで気分最高！　昔の田舎道には彼岸花があっちにもこっちにもいっぱいだった。


リサイクル資源の再利用は鉄屑から始まった。子供達も鉄屑を拾うため、発電所周辺や中部電力の電柱工事中に上から落ちてくる電線の切れっ端を待っている。危ないからあっちへ行けと怒られても、すぐ近くで待った。電線は銅だから高く売れるから貴重なのだ。

鉄屑拾いもだんだん品薄になると、ガキどもは次の悪知恵を出す。

「おい、お寺の樋は銅線で縛ってあるで、あれを抜いて来るか」

「お寺の裏側なら見付からんで大丈夫やて」

「今度は金持ちの家の物置に樋が半分千切れてぶら下がっていたぞ、あれも銅だ」

「取って来るか」

などと、どんどんエスカレートし、自転車の運搬車で来る鉄屑の回収業者に売り飛ばした。最早《もはや》、「子供ドロボー団」である。そんな事がいつまでも続くはずもなく、御用となり、「お前たち全員警察に渡すぞ！」と脅され皆震え上がった。

中学生になると「カバン」が手提げ鞄になり、友達と話しながら学校へ行くと、中に石ころがいっぱい入っていた。

「三人で学校へ来たのに、誰にやられただろう？　クソー、よし帰りはやり返してやろう……」

素知らぬ顔して友人に話しながら近付き、石ころを一杯入れてやった。やったやったと思いつつ家に帰って見ると、自分の鞄からも石ころが一杯出て来て悔しいー。

遊びでも中学生の男子くらいの年頃になると、意地と勢いで無理する事がある。これが一番危険。大雨の次の日、川は大増水で水は赤く濁り川幅は八十ｍにもなり、中ほどには水流が下から盛り上がっている所もあった。そんな危険な状態だったのに、

「今日は増水だから向こう岸まで泳げないよな」

「そんな事はないよ」

「無理だろう」

「いや何とか行けると思う」

「だったら行ってみろよ」

という感じで、行く羽目になった。途中までは順調だったが、案の定中程の水流が下から湧き上がる所に乗ってしまって、いくら泳いでも前に進まず……。そこを抜け

出した頃にはヘトヘトで、手も動かずもうだめだと思いながらあとチョットもう少し……と、意識を失いそうだったが、やっと川岸の柳の小枝を摑む事が出来て助かった。枝を摑んだまま暫く動けなかった。泳ぎ始めた所から二百ｍくらい下流に流されていた。川は怖いなーと実感した。

地元の「山師」（杉・桧の伐採や山の下刈りをする職人）の腰からぶらぶら下げていたザブトン（一辺三十五㎝くらいで猪の皮で出来ている）は、便利な道具だ。山仕事で職人達が一休みしたり、「メンパ」と呼ばれた「曲げわっぱ」の大きな弁当箱で食事をする時、猪の皮は水を弾くのでどこに座っても濡れないのだ。山師の道具の腰鉈は、鞘を桜の皮等を使って飾り、刃も鋭く切れて各職人の自慢の物だった。自分達も同じ物は無理でも、ナイフくらいは欲しい。ナイフ作りは、川端の「イトマ」こと伊藤正夫先輩が一番だった。柄《つか》も自分で作ってカッコ良かった。あれがほしくて家の道具箱を掻き回し、山の無くなったヤスリを持ち出して荒砥石で砥ぐ。最後に仕上げ砥石で砥ぐのだが、ヤスリは剛《かた》いので自分達には気が遠くなる程時間がかかった。まだ柄も出来ていないのに、刃が出来た時は仲間達に自慢しまくった。川遊びも大いにした。板取川はアユ漁が中心で子供には出来ないので、代わりに縦長のガラスビンに米糠を入れて水中に入れて置くとか、うなぎ用の「もんどり」（地元では「のど井」

と言っていたもの）や、小さな一本針の引っ掛け、うなぎ針に大黒ミミズを付けて岩や大石の下に一晩入れて置く入れ針、大きな石を持ち上げ魚のいそうな大石の上に打ち付ける「岩打ち」、毛針で早朝や夕方に釣るテンカラ釣り、ミミズで釣る餌釣り、何でもやった。大人達は友釣り、網張り、黒谷の山内さんは淵に網を十本くらい張って舟で篝火を焚いて舟端を棒でたたき鮎を追い込む火振り漁。夜、カーバイトのガス灯で箱めがねを持って「どんこつ」突きする川干し漁——。

大人の鮎漁は夕方五時頃、美濃町から仲買人が毎日集荷に来て岐阜の長良川河畔の料理旅館に納品していた。中学生達も鮎の引っ掛けがしたくて一m六十㎝くらいの長さの竹に四本針の引っ掛けを作って狙ったが、下手クソでほとんど駄目だった。引っ掛けは上牧村の連中が上手で、上流から五、六名で流れながら鮎を引っ掛け、生きたまま自分の水泳パンツの中に入れて又流れて行く。実に見事で、いつも指をくわえて見ていた。川から出て寒くなると、火を焚きたいがマッチがない。火を起こす。流木の棒切れと板切れを拾って年下の子に「思い切り擦《こす》れ」と言ってやらせ、下の板が黒くなった頃、「よし交替」と力のある年上の者がやる。黒い粉が出て煙が出始めると、枯草を載せて両手で囲い弱くフーフーと吹くと枯草にやっと炎が立つ。火おこしは上手くないとなかなか出来ない。毎回十五分くらいかかった。

毎年四月、五月になると、岐阜県の水田はレンゲの花畑になる。農家が各農協から一升三十円くらいで種を買って蒔くのだ。肥料にするためである。学校帰りに今日はミツバチを捕ろうかとレンゲ畑に入ってミツバチを追い回す。狙うのはメスだけである。オスは尻尾から針を出して刺すので狙わない。メスは鼻の先が黄色で、オスは黒いので見分けやすい。ミツバチを左の掌に載せてお尻の方を軽く押すと、口から蜜を出す。ハチをパッと放して、蜜をペロッと舐めて、「甘っ！」。しかし、すぐに鼻黄のメスがいなくなり、怖いけどオスを狙う。「ぼうし」でオスを捕まえ、尻尾から毒針を出して刺そうとするのを親指の爪で上手に針を抜き、蜜を出させて又舐める。ハチ捕りが終わると、畦道に三人並んで、「お前あんまり飛ばんなぁ〜」と言いつつ射精大会もした。

秋兄に一度褒められた事があった。家の東側の山へ行くと言って竹籠を背負って中腹にある雑木林で山栗拾いへ。茸《きのこ》でもあれば上出来と思って山を登ったが、栗はほとんど無くて今日はダメかと思った時、

「ウン？　あれっ松茸？」

枯葉が盛り上がり笠も見える。赤松がないのに松茸？　と思いながら、大喜びで近くまで行くと、「あちこち」にある。持っていた竹籠いっぱいになり、松茸が落ちない様に竹笹を折って籠の外側から内側へ曲げて差し込み急ぎ足で家に帰ったら、畑仕事から帰って来た秋兄がいて、

「よう採って来たな」

と褒めてくれてうれしかった。

「どこで採って来た？」

と聞かれて指を差して、「あの雑木林」と言うと、匂いを嗅いで、

「これは松茸じゃないぞ〝初松〟と言うんだ。村のこの辺りじゃ松茸は赤松の近くに十月の八日〜二十日頃出る。初松は雑木林に二十日くらい早く出て香りも薄い」

と言われてガッカリした。姿形では全く変わらず見分けがつかない。


中学も二年になると、クラスも進学組と就職組（農業）に分けられた。就職組の農業実習という言葉が厭で一応進学組に入っていたが、元々勉強などする気も無かったし、高校だって長兄の秋兄の経済的苦労も考えれば、これ以上兄に負担は掛けられない。クラス分けがあって二カ月が過ぎた頃、お互い貧乏人の仲間、林行夫君、後藤利二君に、

「家に負担を掛けて、無理して田舎の武儀高卒業しても何になれる？　何にもなれないだろう。俺は近々関の安定所へ行って就職先を決めて来る予定だ。お前達も行かないか？」

と言った。それで三人揃って自転車で十八km先の関市まで行き、希望を話した。二

回目の安定所訪問で面接。株式会社山栄商店という菓子の卸問屋に就職を決めて帰り、他の二人もそれぞれ決定し、先生に報告。

「お前ら自分達だけで決めて来たのか？」

と、先生もビックリ。一週間後、鉄之助先生が、

「秋男さんに話してみたら、『本人が行きたければ高校へ行かせてやってもいい』と聞いたが、どうする？」と言われたが、

「先生ありがとうございました、僕は就職します」

しばらく無言の後、こう言ってくれた。

「そうかわかった。頑張れよ」

中学三年の夏の夜、友人に誘われて通元寺の提灯祭りに行った。祭名は提灯祭りだがほとんど喧嘩祭りで、長さ三ｍくらいの竹笹に提灯をいっぱい付けて別の集落のグループに殴り掛かり、お互いに相手方を殴り、最後は竹棹だけで殴り合う。怖くなり途中で帰って来たが、祭りは日本中どこの祭りも闘争心を煽るためか、荒っぽく危険なものが多い。

自分の様な悪ガキでも学校へどうしても行きたくない日もあって、「風邪ひいたで学校休む」と言って寝ていたこともあったが、健康なのに病気だと言って寝ているの

も実に辛い事で、昼時に大飯食うのも変だし、一日が長～く感じた。夕方暗くなった頃秋兄が山仕事から帰り枕元へ来て、「てるおリンゴ食え」と置いていってくれた。リンゴをじっと見ていたら涙が出て止まらず、申し訳ない気持ちでいっぱいだった。秋兄が家のため兄弟のために頑張っているのに、自分は仮病を使って学校をズル休みして何という奴だ。二度とズル休みしないと自分に誓った。

修学旅行は最高の楽しみだった。京都、奈良、二泊三日の旅で、バス移動だったが、清水寺や奈良の東大寺の大仏等々、見る物すべてに感動した。旅館は三条大橋の袂で古い建物だった。枕投げもした。夜は興奮して眠れなかった。

我が家でも年末は毎年大量に餅をついた。餅つきは十二月二十八日か、三十日で（二十九日は苦がつくからだめ、三十一日は一夜飾りになるからだめ）、蓬餅一、キビ餅（黄色）一、高キビ（赤紫色）一、餅米（白）十の計十三臼で、正月の五日を過ぎるとカビが付き始めるので、大きな水瓶に水を張って水餅にしてあったが、焼くと網にくっついて困った。

田舎の風習で元日の朝食は嫁は一切手を出さず、一家の主人の秋兄が雑煮他を作ってから家族を起こして食事する。田舎の農家の嫁は年中体を休める間もないので、元日の朝ぐらいは休ませよう――そんな風習でチョットいい事かなと思う。三十一日の夜は秋兄が仕事を終え、雑貨屋等の支払いを済ませ、若干の正月用品を買って帰るが、その中に自分の欲しいものがあるかどうかドキドキだった。秋兄が「輝雄ほれ下駄じゃ」と言って新しい「朴歯《ほおば》」の下駄をくれた時は、天にも昇る気持ちでうれしかった。これで正月は仲間に自慢して歩けると、下駄を抱いて寝た。

中学の卒業式が三月十五日で、三月十七日は就職先の一宮へ行く事になっていたので、最後の一日を皆で遊ぼうと発電所の山の上に行った。そこには深さ三ｍくらいの大きなコンクリートのタンクがあり、そこから下の発電所まで巨大な導水管が通っていた。タンクの近くで遊んでいる時、誰かが竹竿をタンクの中へ落とした。それを拾うため静子ちゃんが下へ降りて行こうとして、「危ないぞ」と綱《つな》ちゃんだったか止めたような気がする。又佐野坂へ行って皆でおにぎりを食べた気がする。

旅立ちの朝、金一兄の使っていた中形のトランクを貰って、僅かな下着を入れた。他何を入れたか忘れてしまったが、玄関で親父とさか姉が見送ってくれた。

「小さい頃からお前の面倒見てくれたで、さか姉に礼言って行けよ」

と、親父に言われた。

「さか姉、ありがとう」

よしこれからは自分で稼いで頑張るぞ！

テンション上がりっぱなしだ。

第二部　青年期（十五歳～三十歳）

◆菓子問屋山栄商店

◆明治乳業販売店

昭和三十年（一九五五年）三月十七日、山栄商店入社。

朝十時半、新入社員（四名／船戸・辻・丹羽・宮木）住込み用の部屋（二階）へ案内され、小僧店員用の前掛けを渡された。社長の事は大将と呼ぶ事、奥様は奥さんで、先輩は「さん」、同僚は「君」でよし。命令はお客さんが第一で、大将はその次でよし。山栄商店は店の他に、道路の向かい側に第一倉庫、三百mくらい離れた場所に大きい第二倉庫があり、配達用のオート三輪が二台と単車が一台、自転車の運搬車が三台あった。店員は井上さん、石原さん、女性の鈴木さん（三名は通い）、伊藤さん、清水さん、斉藤さん（女性）、新人の船戸、辻、丹羽、宮木に、まかないのばあちゃんがいた。給料は一カ月四千五百円（約十三万五千円）で少し安い気がしたが、小僧だから仕方がないかと思った。大将の家族は、奥さんと長女の陽子さん、長男の健太郎さん。健太郎さんは入社時にはいなかった。次女の秀子さんは高校生、三女の春美ちゃんは小学一年生だった。店の年間売上は、当時一億数千万（約三十数億）だったと思う。

最初は井上さんのオート三輪の助手席に乗って、得意先の小売店を覚えるのに各地を回った。店のエリアは一宮市を中心に稲沢、尾西、江南、岩倉がほとんどで、その他はほんの少しだった。一宮市は人口約二十万人で毛織物の産地であり、十代が中心の若い女工さんが二万人程働き、活気のある街だった。昭和三十年の三月、私が一宮に来た時には市内に信号機が一カ所も無く車も全く少なかった。駅前に日通の営業所があり、トラックやオート三輪もあったが、近隣の配達は荷台の大きな大八車（タイヤはゴムだったが）で犬にも引かせ、歩いて配達していた。

戦後十年、まだまだ物資不足で、新潟から貨車で「あられ」が明日十時に来ますとお客様に連絡すると、十時前に猿海道《さるかいどう》の熊澤さん、林紡の祖父江さん、西大海道《にしおおがいどう》の長谷川さん、開明の名比さん、花岡の八百幸さん（みんな懐かしいなぁ〜）らが駅前に集まり、駅前で商品が全部売れる――そんな時代だった。若い女工さん達は、貧しい農家の多かった東北や九州方面の出身者が多かった。彼女達も安い給料で働き、半分かそれ以上を実家に送金して家族を助け、二十三、二十四歳になると故郷へ帰り結婚した。

店は駅から真っすぐ東へ五百ｍくらいの場所にあり、車が少なかったので道の真ん中くらいまで商品を並べて配達の用意をした。一年くらいで井上さんと石原さんが退社して、伊藤さん清水さんが番頭格になった。お二人には良くも悪くも色々教えていただいた。私達新人も第二倉庫の商品を泥棒に取られない様、宿直を命じられて一人ずつ毎日泊まる。荷物が山積みの倉庫の片隅に箱を並べて布団を敷いて寝るだけだ。最初は怖かったが、少し慣れてきて辺りを見回すとすべて菓子じゃないか。懐中電灯を持ってソロソロと倉庫の中を見て回ると、明治チョコレートと書いてある段ボールの封が切ってあり、中の小箱も開いて中のチョコレートが三枚無くなっていた。そうか、前の宿直の誰かが食ったんだ。じゃあ俺もと一枚、箱の上のベッドに持ち帰り一気に食べた。その美味しかった事。一枚百円（約三千円）のチョコなど、自分には夢のまた夢で、忘れられない味になった。

その後宿直の日が楽しみになり、羊羹やクッキーなどいっぱい食べた。一年程過ぎた頃、先輩の清水さんが、「今日倉庫でビスケットの木箱を肩に担ごうとしたら、ザラッと首筋に青大将が落ちてきてビックリしたな〜」と事務員の鈴木さんに話しているのを聞いて、「ウワー自分の宿直の日、布団に青大将が入って来たら……ヤダ、ヤダ」と、又怖くなった。

新人の小僧達もルートセールスの持ち場を与えられ、仕事も少しずつ出来るようになった。初給料の日、「四千五百円貰える〜」と思っていたら、中を見たら七百五十円だった。店の奥さんが、

「君達の食事代二千五百円と社会保険年金の積立金、失業保険、三つで二百五十円。君達に全部渡すと使ってしまいそうなので、千円は店の方で積み立てて、退社する時に渡します」

と言われて、七百五十円の意味はわかったが、物価の安い当時でも厳しかった。ラーメン三十円、週刊誌三十円、映画百二十円、散髪百二十円の時代である。お金は全

然使わなかった。それより使えなかった。頭は大将が、「二十歳までは俺が刈ってやる」というので床屋へは行かなかった。

店の仕事は朝六時起床で、先ず店を出し、七時に朝食、注文取りと配達、昼食も店、夕方六時〜七時帰店。夕食後は甘納豆の袋詰めや、嫁入菓子の袋詰めなどで、終業は毎日夜十時。休日は毎月一日と十五日の二回。何しろお金が使えないので、休日も大きい食料品店や八百屋さん等配達先の店へ、休みだからと頼まれてもないのに朝から手伝いに行った。多少の期待はあったが、夕方「ありがとうな」と言って駄賃を包んでくれた。うれしかった。どの店も思ったより多かった。すべて貯金した。各店共、ライバルの問屋（日之出軒他）の商品も多かったが、自分の納めた商品が売れるように場所も考え、並べ直した。お手伝い先の店主が大将にありがたいと話してくれたみたいで、奥さんから、「大将があいつは思った通り間に合いそうだと言っとったよ」と聞いて、チョッピリうれしかった。大将が何故〝思った通り〟と言ってくれたのか。入社前、関の安定所の面接を受ける時、想定問答を考えて行ったので即答出来たし、世の中で尊敬する人物を聞かれたときこう答えた。

「実家の兄です」

「何故だ？」

「自分のためには何もせず、家のため、兄姉達のために、一生懸命働いてくれる兄だからです」

と言うと大将ニコニコ顔で、

「他には？」

「カーネギー」

「カーネギーってどんな人物だ？」

「アメリカの鉄鋼王です。貧しい家庭に育ちながら、アメリカ一の鉄鋼会社の社長になりました。その後も貧しい学生の支援をしたり、カーネギー・ホール等を作って、社会に貢献したからです」

大将は、「ふーん」と感心してくれた。その時の印象が良かったかなと思うが、実力は他の同期とあまり変わらなかった。

大将は短気な人で、怒ると物が飛んできた。飴の一kg入の袋など三m先からでもバカヤローと投げ付ける人だった。海軍上がりで、戦後裸一貫から一宮一番の問屋を築き上げた立派な人だった。大将は時々前掛けをしたまま、「名古屋へ行って来る」と出て行った。仕事かと思っていたら、いつも野球を見に行っているんだと聞きビックリした。その後中日球場のナイターに連れて行って貰ったが、初めてのナイターは声も出ない程すばらしかった。後に、「一宮高校が戦前一度だけ甲子園に出て準優勝した時のキャッチャーだよ、お宅の大将は」と聞いて、「うちの大将はすげーなー」と又見直した。

　店の二階の一部屋は男子店員で、もう一つの和室には女性店員の斉藤さん（二十三歳）がいた。

「先輩の清水さんが夜中に斉藤さんの部屋へ夜這いに行く事、輝サ知ってる？」

「知らん」

「一度確認したろ」

　と、寝たふりして待ったが、自分が先に寝てしまい、一度も確認出来ずじまい。清水さんは、本町の魚長の女店員とも仲良しで、モテ男だった。伊藤さんはいつも、「女はガム一個、チョコレート一枚で俺は引っ掛ける」と豪語していたが、彼の彼女を見た事はなかった。

　私達男子小僧は、名前の下に「サ」を付けて呼ばれていた。まかないのばあちゃんが、仕事じゃないが新人小僧どもの洗い物をしてくれた。

「輝サ、今日洗濯しちょいてやったでな。ありがとうは？」

「ばあちゃん、俺がありがとうを言おうと思っても、言う間がないだろう」

「ま、そんな事はええわ。輝サ、ええ事教えちゃろか。金玉の七不思議って知っちょるか？」

　大声で「知るかー」って言うと、ニヤリと笑いながら、

「一つ、日景《にっけい》にあっても色黒し。二つ、年が若くても皺だらけ。三つ、縫い目があっても綻《ほころ》びず。四つ、金であっても銭にはならず。あと忘れたがな」

なにしろ海千山千のばあちゃんで、色々教えてくれた。嫁と合わず住込みの女中さんをしていた、話の楽しいばあちゃんだった。

清水さん、伊藤さんが退社し、大将の長男で健太郎さんが帰って店を手伝う事になった。健ちゃんはクラウンのシングルピックを買って配達に使った。健ちゃんは豪傑だった。高校生の頃から宮裏の赤線に入り浸り、バットを持って職員室へ入ってトラブルとか、元気話の多い人だった。但し小僧達には良くしてくれた。

自分たちの給料では無理な遊びもさせてもらった。東京の青山に初めて出来て間もないボウリング場だった。その頃名古屋にはボウリング場は一カ所だけで、六レーンしかなく、しかも今池のソープランドの屋上に仮設されたものだった。当時は投げた後のピンを元通りに並べるアルバイトが、各レーンに一人ずついた。その内、首吊り式のピンを並べる機械が出来た。

今池のボウリング場は二百点出すとコーラを半ダース貰えた。一ゲーム二百五十円でメチャ高く、金持ちレベルの遊びだった。それから一、二年で御園座《みそのざ》の地下に名古屋で二軒目の本格的ボウリング場がブランズウィックの全自動の機械を入れて十二レーンで開場した。こちらは一ゲーム三百円だったと思う。三百点が出るとトヨタクラウンが貰えた。地下の入口に飾ってあり、憧れだった。

健ちゃんはキャバレーにも連れて行ってくれた。青い城、美人座、太平洋、白菊等々だった。ある時、飲みに来て二軒目の店で突然健ちゃんが、

「この店は飲み逃げするぞ」

と言い出した。三十分くらい飲んだら、

「一人ずつ『トイレ』と言って外に出て、最初の十字路を右に回った所で待ってろ」

そこで一人ずつ外へ出て、最後に健ちゃんが、「皆トイレに行っていつまで待たせる。見て来る！」と言ってタバコとライターだけを置いて席を立ち、見に行ったままそのまま外に出る――という段取りで、上手くいった。

「面白かった！　あの店は女が気に入らん。当分行かんから大丈夫や」

と、健ちゃんは大喜びだった。

スキーにもちょいちょい連れて行って貰った。油坂、ひるがの、伊吹山、御岳高原、八方尾根など。三重の御在所へも行ったが、その時は雪が少ないかもと思って行ったのだが、全く雪がなくて滑れなくて残念だった記憶がある。伊吹山は近くて便利だが、私達の様な初心者には難コースで、コースの一番下の擂鉢状の所に四方から色々なレベルの人が真ん中に滑って来て怖い思い出ばかり。最初に八方尾根に行った時も大変で、麓の集落で雪が四十㎝もあり、下手クソの私達は尾根の方へ行かず近くの細野ス

キー場で遊んだ。

四十㎝も雪があっても、地元のタクシーはチェーンも巻かずビュンビュン走っていた。御岳高原スキー場はバスで王滝村まで行き、そこからスキー場まで歩きだった。遠くて疲れた。ストックは竹で、板もグラスファイバーじゃなく、リフトも二百ｍのものが一本だけで他に客が無く、私達がリフトに乗る時だけ動かしてくれた。

このように、健ちゃんは色々な所や店へ連れて行ってくれた。夜の店の遊び代は高くつき、時々集金人が奥さんから小切手を貰って帰る所を見た事がある。大将も健ちゃんも体力も元気もあり、よく衝突し、店にも出たり入ったりだった。

夕方五時頃に大将が急に、

「輝サ、名古屋へ羊羹取りに行って来いや」

と言うので、「ハイッ」と、一斗缶が二つ入る木箱を載せて、自転車で取りに行った。行きは楽だが、帰りは辛い。車で走ると気付かないが、名古屋から一宮へ帰る時は登りで、おまけに荷物は重い。自転車の前輪が上がりそう。少しでも向かい風があったらもうだめ。本当に大変だった。

自転車で大変な事がもう一度あった。妙興寺の玉田八百屋さんに配達の途中、名鉄の踏切で小雨の中ハンドルがふらふらっとし、後輪が線路の間にはまって取れなくなってしまった。運搬車の後輪は少し太いのでなかなか抜けない。すごく遠くだが電車が近づく。

「逃げよか、逃げたら大事故になる……」

電車が警笛をけたたましく鳴らしながら近づく。急ブレーキがギギギー。やっと後輪が抜けて自転車に跨った時、現場から百ｍくらい先で電車が止まった。窓から顔を出している人がいた。やばいぞと急いで逃げた。逃げ切った。やれやれ。

あられの「のり巻」は、名古屋の押切辺りで、ばあちゃんが内職で巻いていた。小さな四角に切った海苔をペロッと舐めてあられに巻き、一斗缶にぽんと入れる。気の遠くなる様な手間仕事で、一斗缶一本作るのに一日かかる。のり巻を見る度、ばあちゃんを思い出し、その後二十年くらいのり巻を食べる事はなかった。今は機械で巻いていると思う。

店の配達も、オート三輪やオートバイでも出来るようになった。新入りの小僧四人が無免許で乗り回せば、誰か捕まる。私も三回捕まった。その都度警察から、「お前免許無いんだから気を付けて帰れよ」で、また無免許で乗って帰る。今では考えられない事です。市内に信号は一カ所もなかったが、でき始めると早い。最初は東一宮の交差点、二番目が上本町の交差点、三番目に旧八映の前——あと忘れた。

自転車に小さな補助エンジンを付けたもの（ホンダのカブF型など）も走っていた。映画館の二階が「松竹」で、一階が「宝塚」の売店へ配達に行っていたら、館の事務

所から「来い」と言われて行ってみると、松浪社長から、

「お前今荷物を持って何処から入って来た?」と聞かれたので、

「入口から入って来ました」と答えたら、

「バカ者! 館の入口はお金を戴く大事なお客様の入口だ。業者は裏口から入るんだ。覚えておけ!」と、大目玉。


それから商売屋は月の初めの一日は支払いをしないとか、色々覚えた。映画館の売店に中山さんと高原さんという二人の若い美人の店員さんがいて、行き始めて半年過ぎた頃、

「輝サ、今回は現金で払うから伝票なしでね」

と言われた。二人共若くて美人で商品をよく買ってくれた。中山さんは自分と同年で、高原さんは少しお姉さん。昼頃に配達に行くと、いつも出前でカツ丼等を食べていて、「いいなぁ……羨ましいなぁ」と思っていた。


ある日、突然館から事務所へ来るようにと連絡があり、「こんにちは」と事務所に入ったら何か怖い感じで、

「まあそこへ座れ。お前売店へ現金で売っているだろう」

「ハイ中山さん、高原さんに、今日は現金で払うから伝票はなしでと言われてそうしました。うちの店にも話してあります」

「そうじゃないよ。現金で仕入れた甘納豆やピーナツ、チョコレートを売って儲けた金の分け前を君も貰っていたんだろう？　横領だぞ」

　と言われビックリ。

「私はお金は一銭も貰っていません。また女性店員の方が悪い事をしていることも、何も知りませんでした」

　誤解を解くのに時間がかかったが、納得してもらいほっとした。山奥出の兄ちゃんを都会育ちのイケイケ姉ちゃん二人がチョイト利用しただけか知らぬが、こちとら大迷惑の出来事だった。

　店から西へ二百ｍくらいの場所に東海証券があり、その店頭で、

「株が買いたいです」

と申し入れた。私は年は十七歳で、頭は丸坊主で、顔は子供っぽい。

　すると店員さんが、

「兄ちゃん、株って何や知ってるか？」

「多少は知っている心積りです」

「買えば儲かるとは限らんよ」

「大丈夫、ここに十万円しかありませんが、これは私が働いて貯めたお金で、ゼロになっても誰もクレームを付ける人はいませんから」

その時奥の方から支店長らしき人が出てきて、
「こんな若い奴がこれだけの事を言うんだ。どうだ営業所上げてこの子を応援しようや」
と言ってくれた。うれしかった。

支店長の言葉で何となく株取引が上手く行きそうな気がした。営業社員から株の仕組み、現物、空売り、空売りの三カ月後の決済、証拠金増資、手数料等々、色々教えてもらった。

「君は素人だから、一年間は営業所に委ねなさい」
「よろしくお願いします」

最初に買ったのはスズキ自動車で、その後、三菱電機や石原産業だった。日本経済上り坂の時代で、大体順調だった。

秋が近づくと毎年台風が気になる。その台風も占領軍がいる時は台風の名前もジェーン台風、キティ台風とか、アメリカらしく女性の名前を付けていたが、日本が独立を果たした昭和二十七年以後は上陸地点の地名に決められて、第2室戸台風、枕崎台風、伊勢湾台風と呼ぶようになった。すると今度は上陸地点の首長達から、「台風を地名でマスコミに連日報道されては、我が町は年中台風が来ているようなイメージになるから、上陸地点を台風名にするのはやめて欲しい」と苦情が来るようになり、今は台風の発生順で一号二号と「号」で呼んでいる。

　昭和三十四年九月二十六日当時十五号だった伊勢湾台風も凄かった。二階に寝ていたが、二階の窓には雨戸が無く、大将が、「お前ら三人で窓を押さえろ」と叫ぶので、三人で押していたが、風の力が強く窓が弓なりになって、最後支え切れなくてガラスがバリバリ割れて飛び散った。部屋中に風が、物が舞い、グチャグチャ。下から大将が大声で、

「バカヤロー早く北側の窓を開け放せ。二階がブッ飛ぶぞ！」

やっと窓際へ行き二枚の窓を開けると、ゴーと風が通り、色々な物を吹き流した。瓦はビュンビュン、トタン板も水平に飛び、看板や板切れも飛んで来る。時々ガーンとかドーンと物が当たる音がして、怖いのなんの。恐怖の一夜だった。

　夜が明けたら又大変で、街中無茶苦茶。店も商品も水浸しで後片付けに追われた。テレビ、ラジオ、新聞も大騒ぎで、特に名古屋南区、中川区等、名古屋港の貯木場から流れ出た大木に挟まれたり、溺れたりして、多くの人が亡くなった。人的被害は五千数百名、住宅被害も史上最悪と連日テレビ報道され、そんな中でも一個十円のアンパンを一個百円で水たまりの中を売り歩く人もいて、これはえげつない金儲けか、人助けなのか……。少ない脳味噌の頭がパニクる。

台風の後遺症で一時商品も入らなかったが、その後回復し盛り返した。台風で一家全滅の人や、全財産を無くした人や、悲しみから立ち直れない人や、人生色々で、街は復興して行く。人間は逞しい。因みにその月の給与明細書に「台風手当」として千円付いていた。『色即是空』『空即是色』――。

昭和三十一年の十二月五日にオート三輪の免許を取った時は、天にも昇る気持ちだった。当時は、オート三輪までは十六歳で取る事が出来た。同級生の中で一番早く免許を取った事が、自分の秘かな自慢だった。早速お正月休みに洞戸へ乗って帰りたいと大将に申し出たら、思いがけずＯＫが出て、田舎の皆に自慢も出来ていい正月になった。

車の免許は無免許で練習して、二回～五回のテストを受けて合格のパターンが多く、自動車学校に男が行くのは少し恥ずかしい気がした。昭和三十四年当時は二千ccまで小型四輪免許だったので、テスト車クラウンで合格した。今は学科試験も法令だけだが、昔は車の構造に関する問題も二十問あり面倒だった。

第十八回東京オリンピックも近くなってきた。中学一年の時、戦後初めて日本がオリンピックに参加を認められた第十五回のヘルシンキ大会で、レスリングフリースタイルでフライ級石井庄八選手が金メダルを取って大男のレフェリーに片手を上げて勝ち名乗りを受けている写真が岐阜新聞の一面に出て、「すごいなー」と思った。湯川秀樹さんのノーベル物理学賞受賞や、世界水泳選手権千五百mで古橋廣之進や橋爪四郎の世界新連発もすごいと思ったけど、それ以上に驚いた。フジヤマの飛魚と言われてすごかったが、古橋・橋爪両氏は日本の独立前の活躍で、オリンピックでは活躍出来なかった。ヘルシンキでの石井庄八の金メダルにより、その後の日本レスリングが強くなった。次の十六回メルボルン大会で、笠原・笹原両氏もメダルを取った。水泳も四百mで山中毅がオーストラリアのマレー・ローズに負けたが、銀メダルで大活躍。又体操もこの頃から強くなり、十七回大会のローマでは、体操の竹本・小野など、選手強化によりメダルが取れるようになった。

第十八回東京大会は開催国特権で採用される事になった柔道で、全階級金メダルが期待され、体操の遠藤、日紡貝塚の女子バレー、マラソンの円谷ほか、出場全選手大プレッシャーの中、いよいよ開会式。アナウンサーが絶叫する。

「最後の聖火ランナー坂井義則君、階段を元気よく駆け上っています。上り切りました。こちらを向いて高くトーチを上げました。今点灯です！」

日本中が二週間テレビに釘付け。自分も配達の途中、配達先のテレビを見ながら真っ白なズボンに赤いジャケットだったと思うが、日本選手団の入場行進を見て大感動した。大会の結果は金メダル十六個で、選手達本当に頑張った。特に全階級金メダルが期待されていた柔道無差別級の神永昭夫がオランダの大男ヘーシンクに抑え込みで敗れた時の、「終わった……」という表情が何かほっとした様に見えたのが印象的だった。

　ソウルオリンピックで鈴木大地が二百m背泳ぎで二十五mも潜水したままのバサロ泳法で優勝するとすぐに、飛び込んでから十五m以上の潜水泳法はダメとルールを変えられ、日本選手は長い間勝てなかった。日本選手は潜水泳法が得意で、潜ったまま五十m泳げてしまったから。又冬の大会のジャンプとクロスカントリーの混合競技も日本の荻原兄弟が上位を占めるようになると、日本選手の得意なジャンプの点を下げて、ジャンプの点で逃げ切れなくして勝てなくしたり、日本人から見ると不公平も色々ある。カナダのモントリオール市がオリンピックの赤字を数十年も払い続けることになるなど、オリンピック開催には多額のお金がかかることが問題になった。民間資金の導入を試みたアトランタオリンピックが成功した筈だったが、近年のＩＯＣは金、金の一点張りでアメリカの言いなり。

　子供の頃オリンピックは宗教も政治も一切関係ない平和の祭典と教えられたが、ソ連のアフガニスタン侵攻により日本を含む西側の国がモスクワオリンピックの参加をボイコット。出れば金メダルと言われていたマラソンの瀬古さんは、政治とスポーツは関係ないと思っていたと悔しがった。大会は益々膨大な資金が必要となり、財力の無い国は開催出来ず、開催希望の国が少なくなり、希望する国がある内に次の次までも開催を決定する様になった。オリンピックも曲がり角かな？

同級生の中に好きな人がいたが、私などからは高嶺の花過ぎて好意を持っている事を素振りにも出せなかったが、中学卒業後のある時、彼女に当たり障り無い手紙を出したところ、返事が来た。嬉しくて嬉しくて、でもドキドキして封が切れず、夜布団の中で読んだ。当然中身は日常話だったが。大喜びで手紙をいつも書くようになった。朝出すと明後日に着き、次の日に向こうが出してくれると、その次の日にこちらに届く。そう勝手に思い込んでいると、必ずその通りに返信が来た。自分の想いは何一つ伝える事が出来なかったが、本当に幸せな時期だった。

文通が途切れたのは、彼女の手紙で何となく彼氏がいる様な気配を感じたからで、これ以上文通を続けて彼女に迷惑をかけてはだめだなと思って止めた。自分の様な奴にも誠実に返事をくれた彼女に感謝でいっぱいだ。人気者の彼女に、中身はともかく手紙の数は自分が一番貰ったんじゃないかと、秘かな自慢の一つ。

手紙といえば、ある日突然真っ白な封筒で差出人名なしで来た。文面もありきたりで誰からか見当も付かず、「自分の名前書くのを忘れたな」と思ったら、一週間後も又来た。そんな手紙が五通くらい来た頃から、女性らしいことが何となく解った。あいつかな？　それともこいつかな？　と思いつつ、小出しにされたヒントでやっと解った。配達先の映画館のチケット売り場の渡辺和美だった。字があんまり上手な女だから、もしかしたらと思っていたよ。それから個人的に話す様になり、休日に時々一緒に出掛けるようになった。付き合い始めて一年後、

「俺は無学で何もないけど、一緒になる気があるか？」と聞くと、

「私の方こそ、家庭がよくないよ」と話し始めた。

母が芸妓の時に父と知り合い自分が生まれた事、父は旧日本海軍の潜水母艦「長《ちょう》鯨《けい》」の偵察機に乗っていたが、自分が生まれて八カ月後に戦死した事、母親違いの弟が神戸でラブホテルをやっている事、松戸に父親違いの妹がいて母と一緒にいる事、映画館のオーナー松浪さんが父の兄で、弟の娘だからと面倒見てくれている事を話し、

「それでもいいなら私はうれしい」と笑顔で言った。

彼女は俗にデブの女だった。二十一歳で身長も百六十八㎝あり自分より背が高かった。体重も八十㎏くらいあった。自分は細身の女よりふっくらの方が好みなので、何の違和感もなかった。

田舎の秋兄に報告したいから一緒に行こうと誘ったが、気が重そうなので、俺が全部話すから大丈夫と連れて行った。洞戸村へ行き秋兄に話すと、お前が良ければそれでいいと言ったのでホッとした。初めて和美を見た家族は、腰の抜ける程ビックリし

たらしい。何しろ百七十㎝近い大女の上に、当日は無地の真っ赤なスーツだったので、田舎では超ド派手に見えたらしい。縁側で親父が日向ぼっこをしていた。

「俺、この姉ちゃんと一緒になるわ」と言うと、

「そうか」とニッと笑った。


菓子問屋界はメーカーの招待旅行が年中あり、大将が社員交替で参加させてくれた。前田製菓の大阪高槻工場の完成記念旅行にも参加した。当時は「当たり前田のクラッカー」でお馴染みのテレビＣＭが当たり、前田製菓が元気のいい時で、工場見学と大阪梅田のコマ劇場での観劇、夜は梅田駅前の豪華中華料理店で会食だった。初めて北京ダックを食べたが、あまりおいしく感じなかった。忘れられない味は鯉の唐揚げで、一匹丸っとで頭から全部食べられ最高の味だった。その後同じ物を色んな所で食べたが、あの時以上の味に出会えていない。最高のご招待だった。

山梨の飴のメーカーの招待で昇仙峡に行ったが、景色も良く馬車に乗ってのんびりないい旅だった。新高ドロップの旅行も楽しかった。森永製菓の鳥羽への旅行では面白いものを見た。駅前の待月楼《たいげつろう》という割烹だったか、大座敷に五ｍ程の水槽がしつらえてあり、料理人が手早く三枚下ろしにした後の頭と骨と尻尾だけの鯛を水槽にそっと入れると、なんと頭と尻尾と骨だけの鯛が五ｍ先まで泳いでパタンと倒れた。板さ

んの見事な技に見惚れた。このように菓子メーカーの招待旅行は、私達の大きな楽しみの一つだった。

菓子問屋旭軒の友人が岐阜の柳ヶ瀬に遊びに行こうと誘ってくれ、三人で行き駐車場に車を入れて歩いて行くと、民家風の家の前で友人がここだと言った。予約がしてあったらしく、すぐ三人共別々の部屋に通された。女が一人入って来た。年の頃三十六、七だったたか。

「ここ初めて?」

「うん」

女は私が未経験の僕ちゃんだとすぐ見抜き、手取り足取りでやたら優しかった。夢見心地であっという間に終わり。「又来てね」と言う女も嬉しそうに見えた。十九歳の筆おろしだった。外に出ると友人が、「輝サ良かったか?」と聞いた。「うん」と言って六千円払った。次の日から大変で、街中で女性を見ると、「あの女どんな風だろう、この女どんなんだろう?」とあの事ばかり頭に残り、暫くおかしかった。

和美の伯父の松浪さんの本宅へ挨拶に行く事になり、伯父さんに、

「結納金を持って来るべきでしょうけど、お金無いんで持って来れません。勘弁して下さい」と言うと、

「船戸君そんな事はいいから、二人で頑張ってくれよ」と言ってくれた。

「伯父さん、船戸さんからこれ貰った」

と和美が指輪を見せた。プラチナ台にヒスイの石だけのシンプルなものだった。

「いい指輪だなぁー」

と、松浪さんは褒めてくれた。「いのこ」で自分の給料の三カ月分以上で少し無理した心積りだった。

ある証券会社へ行って、

「石原産業を売って御園座に買い替えて欲しい」と言うと、

「えっ?! 船戸さん夕べ御園座は火事で燃えちょったよ」

「知ってるよ、だからだよ。あの広大な土地を持つ中国は、大多数が農民でしょう。その農民が石原産業の肥料を買えるようになったら凄い事になると思ったが、この二年全く動かん。まだ早過ぎた。売って。芸所の名古屋が一カ所も無しのままは有り得ないと思う、御園座に買い替えて」

想像通り三カ月後、【八階建てのビルで再建】と中日新聞で発表された。やれやれ株も損を出した事もあったが、持株も大分増えて、毎朝新聞を見るのが日課で楽しみだった。

仕事中に「さぼって」いつも卓球の練習をした。駅西にあった駄菓子店の松居商店だ。店の裏側に卓球台が二台あって、小中高生から一般まで同じ料金で、一時間二十円。十六歳くらいから通った。負けると次に交替する。勝っている奴はいつまでも続けられる。二台の台に五、六人ずつ待っているので、負けると一時間に一回しか出来ない事もあった。だから何としても勝ちたかった。現在は卓球の試合も十一本勝負だが、昔は二十一本勝負で長かった。

練習仲間に水野酒店の息子、はじめ君がいた。彼が、「今度キリンビール主催で愛知県下各地代表の酒店の卓球大会があるから皆で出よう」と誘ってくれて大会に参加。水野君、船戸、古池、吉川、野村、五名のチームで一宮代表。会場は名古屋名電《めいでん》高校体育館。その頃の名電は全国高校選手権大会で優勝する長谷川や久保田といった選手のいる実力校で、キリンビールの大会も体育館に卓球台を二十台並べて行われた。自分たちの様な狭い場所でちまちま練習していた者には、足が竦《すく》む思いだった。ところが試合が始まると、我がチームは意外に強く、次々と五回勝って優勝決定戦になり、それも勝っちゃったのだ。私達の練習場の〝負けたら交替〟の毎日が、最高の練習だったのかもしれない。チーム引率の一宮酒販組合連合長水野社長は大喜びだった。

「よくやってくれた、良かった良かった」

お祝いパーティーをやろうと、三楽の二階での缶ビール一年分、バヤリースオレンジほかいただいた賞品を山積みにして開宴。楽しい、うれしい一日だった。その後、秋の一宮市卓球大会に毎年出場したが、中部電力一宮営業所とか一宮市役所に、名電高校卓球部出身者等がいて話にならなかった。彼らは準決勝くらいまではジャージーのズボンも脱がず試合する程余裕があった。一宮市ではベスト十六がせいぜいだった。尾西《びさい》市（現・一宮市）の大会は尾西市在住在勤者しか出場出来ないが、同級生の安田敏彦君が渡玉毛織《わただま》の卓球部にいたので、渡玉の卓球部として毎年出た。団体戦は優勝戦まで行っても蘇東工業などに勝てず、個人戦は一度だけ三位になれた。

和美と結婚してからは、自分の両親だけ連れて一週間旅行するなんて出来ないだろう、独身の内にと思い、洞戸の親父に「旅行に行きたいところがあるか？」と聞いてみた。すると、「熱海という所へ、死ぬまでに一ぺん行って見たい」と言うので、店にどうしてもと休みを貰い、熱海・箱根・鎌倉・伊豆方面へ親父とさか姉と自分と三人で旅行をすることになった。予算十万円で、旅行会社にクーポン券を作って貰って出発した。

田舎者の両親は見るもの聞くもの珍しい事だらけで、鎌倉の大仏の大きさに驚き、芦ノ湖の遊覧船に驚き、大涌谷のロープウェーでは手摺りにしがみ付き、箱根のホテルでは布団が上等過ぎて寝られなかったり、夕食など何から食べるんだと聞いたり、洋食の時など初めから箸をお願いしたりした。「自分達はお客さんだから何から食べてもいいし、要らない物は残せばいいから」と言うと、やっと安心した。洋式トイレも初めてで戸惑った。私の親父は明治二十一年（一八八八年）生まれで、親父の若い頃はまだ丁髷《ちょんまげ》の人が時々いた様な時代で、私が中学生の頃、

「地球は丸くて、今もその丸い地球の上に立っているんだよ」と言っても、

「たわけた事を。地球の上にいる時はいいが、横や下になったら落ちるじゃないか」と言って聞かず、「それは地球に引力があるから大丈夫なんだよ」……そんな話が全く納得出来ない人だった。

旅行は珍道中の連続だったが、両親共喜んでくれた。旅行から帰った日、兄嫁のふさえ姉さんから、「今日、西の早苗ちゃんの結婚式だったよ」と聞き、なぜか少し淋しかった。他の兄姉達に相談せずに両親を旅行に連れて行ったので少し心配だったが、「よう連れて行ってやってくれた」と言ってくれたのでホッとした。

小僧修業中同期の宮木君に申し訳ない事をした。ある時配達の用意のため商品をガラスケースの上に載せておいたところ、ガラスにヒビが入って割れてしまった。バタバタしていたのでそのまま他の仕事をしていると、割れたガラスの前で宮木君が大将

に大声で叱られていた。大将はミスを謝れば許してくれるのに、意気地が無くて自分がやりましたと申し出られず、見て見ぬ振りをしてしまった。後に何度も彼に謝ったが、彼は決して「許す」とは言わなかった。彼が退社した後、現在に至るまで後悔の念は消えない。その後、ミスした時はすぐ謝った方が自分も楽だと気付いた。

成人式を迎える時、大将が一流の洋服店だった本町の中村洋服店でスーツを新調してくれた。一万四千円だった。自分も二十歳の記念にオーバーを買った。その頃のオーバーは毛布のような分厚い布地で、丈の長さも足首辺りまであるのが普通だった。しかし気に入ったのは生地も薄く丈も膝下くらいのものだった。思い切って買い、店に帰って見せたら不評。「丈もチンチクリンだし、生地もペラペラで寒いよ」と散々だったが捨てられず、六十年以上過ぎた今も時々着るが、そんなに変でもない。わからないものだ。

大将と息子の健太郎さんはいつも衝突していた。ある日大将が友人の同業者である津島の前田商店と合併を決定し（合併といっても吸収合併である）、第二倉庫を事務所とし、店は小売部門とした。私達は事務所の方へ移り仕事をした。人工衛星が次々に打ち上げられ、初めてアメリカからテレビの生中継が行われた。その第一報となった、【今アメリカの三十五代大統領ジョン・F・ケネディがダラスで銃撃されました】に皆々驚愕。妻のジャクリーンがケネディを抱きかかえ、車が猛スピードで走り去るシーンだった。その後のテレビ画面は、都はるみが歌う「アンコ椿は恋の花」が流れていた気がする。

和美との結婚は、式を真清田《ますみだ》神社で挙げ、披露宴は三楽の二階でティーパーティーという細やかな宴だった。式二千五百円、パーティー七千円の費用は、大将が払ってくれた。感謝感謝だ。身内だけの小さな会だったが、和美も私もいよいよこれで世帯を持ったんだと気合も入り、前途洋々の気分で幸せな一日だった。久夫兄も岐阜駅前の「八進」だったと思うが、会社にいた頃時々店に立ち寄り元気かと声を掛けてくれた。会社で多少ゴタゴタもあったみたいだが、若い頃は元気過ぎるほど元気な兄貴で、近江高校の時、相撲の関西大会で三位になったのが自慢だった。

合併後、何となく店が嫌になり、自衛隊のテストを受けた。就職難の時代で、応募者が凄かった（給料二等陸士七千五百円）。会場は名古屋市内三カ所の高校で、一カ所五百人くらいずつ受けた。ありきたりのペーパーテストを済ませ身体検査を受ける。パンツ一丁で身長・体重を計り、医者の前で一人ずつパンツを下げると、ピンセットで竿をつまんで見てから「よし次」。医者が少しおかしいと思う奴は、竿を手で振る。膿でも出ると「治療してから来い」と言われるのだ。最後に面接があり、後日合否の通知が来る。不合格が続き、三回連続で受けると面接の時、

「君に問題はないが、岐阜の田舎の兄さんがアカハタを読んでるだろう。身内にそういう人がいると、自衛隊、警察官、公務員は無理ですよ」

　と告げられ、「やっぱりか」と諦めた。

　久夫兄が東海染工へ来いと言ってくれたので、「体調が悪いから、暫く田舎で休養する」と店に言い東海染工へ行ったが、一週間でだめで店に戻った。兄の顔を潰し迷惑をかけただけだった。

　その頃、知人から「船戸君が家作るなら、家の土地貸してあげるよ」と聞いたが、自分の家など早いし無理だと思っていた。しかし土地が借りられるならと考えるようになった。株も独身中はいいが、結婚してからは危険だから全部処分しよう。それで最低限のマッチ箱の様な小さな家を作ろうと決めた。


　八月のお盆休みに利二と系彦と三人で洞戸小学校の盆踊りに行った。

「声を掛けたい女もおらんかったし、面白くねえな、もう十時半だし」

「こんな田舎じゃ何も無いよ、帰ろうか」

「ちょっと待てよ、通元寺の○○さん家の二階に、岐阜乗合自動車の車掌が一人で間借りして寝ている筈だ。夜這いに行こうか?」

と利二が言い、「行こう、行こう」となった。

「玄関を入ると二階へ階段がすぐにあるので、靴は手に持って行くぞ」

三人で二階へそろりそろりと上がり襖を開けると暗闇だったが、目が慣れてくると薄明かりに女が布団から片足を出して寝ていた。妙に色っぽかった。打合せ通り自分が両足を押さえ、左手と口を利二が、糸彦が右手を押さえて胸から触り始める……はずだったが、女は思った以上に暴れた。そのうち口を押さえた手を女に噛みつかれ、「キャー」と大声を出してしまう。「逃げろー」と三人靴を持って階段をダダーッと降り、表に飛び出して必死に走った。五十mくらい走って物陰から家の方を見つめた。家の老夫婦が外へ出てあちこち見回していたが、家の中へ入って行ったのでやれやれ助かった。帰り際二人は、「何にも出来なかったのに面白かったなぁー」と喜んだが、自分は筆おろしが済んで間もない頃で、胸がバクバクだった。


バカバカしい遊びも色々で、卓球仲間の島崎君が「俺の車で遊びに行こう」と夜道を走っていると、向うから女が一人で歩いて来るのを見つけた。島崎君は車で近付き、運転席から顔出して真顔で、

「あのーすみません、お〇〇こしに行きませんか」と言う。

女が「キャー」と逃げ無言で走り去ったりすると、「あー面白」と島崎君。

今度はモーテルへ行こうとなって、入口に車を止めて次の車が来ると、「満員で順番待ちだから入れんよ」と後ろに並ばせて、三台くらい並んでから、「あほらし、帰ろう」ということに。アベックの邪魔をしただけだったが、面白かった。今ならすぐ御用になる話だった。

家を作ると決めたので、株を全部処分して尾西市の横山建設へ電話し、営業マンの長谷川勇雄さんと打ち合せ。六畳、四・五畳、台所、トイレ、玄関の2DKの小さな小さな我が家で、それでもうれしかった。見積もり六十四万円で三十万円は住宅金融公庫へ申し込んで当たったら作る事にした。公庫も当たり、着工。店を退職して小さくても菓子問屋をやろうと倉庫も作る事にした。僅か十坪だったが三十万円で出来た。他人から見ればおもちゃの様な住宅と倉庫だったが、自分は御殿が出来た気分だった。さあ頑張ってやるぞと先ず仕入れ先。メーカーの商品は直接取引が無理なので、仲卸の今井商店、岡地商店、吉野屋さんに挨拶に行き快諾を得た。今度は地元の商品をと犬山のゲンコツ屋に行くと、「船戸君、山栄商店に納品してない商品ならいいけど、同じ商品は無理だよ」と言われてガッカリして諦めた。

次に市内の芋カリント屋へ行くと、「家族で造っているので、今の納入先だけで手一杯で無理だよ」と断られた。大垣のあられの会社では社長が、「船戸さん、貴男には本当にお世話になったが、今うちの会社が山栄商店を無視して君に商品を出す事は出来ないよ。山栄商店から出荷するなと言われた訳じゃないけど、それが業界のルールだと思うから。遠い所訪ねて来てくれたのに申し訳ないね」と言い、菓子箱を出された。黙って聞いていたが、出された菓子箱をブンと投げてやりたかった。それも大人げないと黙って、頭を下げて事務所を出た。帰り道悔しくて涙が溢れた。その夜はなかなか寝付けなかった。その他七カ所回ったが、皆体よく断られた。店では番頭気分で仕事をし、営業にも自信があり、何とかやれると思っていた。各製造会社から大事にされたのは山栄の社員だからで、個人に何の値打ちも無い事にやっと気付いた自分を恥じた。

「よし、利益の薄い菓子問屋をやめて、他の仕事をしよう」

済んだ事はしょうがない。何やろう、何をやろうと三日くらい考えて、オリンピックも成功したし日本経済も上り坂だ、個人の生活が良くなれば、日本中「おしん」ばかりだった人々も健康に気を遣うんじゃないか、よし牛乳の販売店をやろう——そう決めた。

幸い車もマツダの軽三輪でピンクのランナーを三十万で買い持っていた。戦後十数年、当時の首相は佐藤栄作氏だったと思うが、通産省の音頭で、「アメリカ人のように車をバンバン買う事は無理でも、何とか日本人でも車が持てるよう四人乗りで三十万円で買える車を」と、長さ三m四十八cm以内、幅、高さも制限し、エンジンは三百六十ccまでとして、これを国民車として売り出して欲しいと要請し、各社が次々に開発。スバル三六〇、マツダクーペ三六〇、その他色々。又自動車税も新設軽自動車税が出来て、世界で例の無い日本独自の軽自動車制度が出来たのはこの時である。現在ではアメリカなどから、「日本でアメリカ製の車が売れないのは、軽自動車制度のためだ。いい加減やめてほしい」と言われているらしい。

軽自動車も、途中からエンジンが六百六十ccと大きくなり、車自体見違える程良くなったが、価格が今は二百万円を超える様になり、そうなると二百万も払って軽の黄色のナンバーは嫌だなという人も出る。経産省にも利口な人物がいて、「東京オリンピックを記念して通常より数千円余計に払って戴ければ白ナンバー付けられますよ」とか、「ラグビー・ワールドカップ記念ですよ」とか、「あなたの誕生日の例えば十一月三日の一一〇三の番号も空いていれば、一万二千円払って下されば付けられますよ」とかで、白ナンバーがかなり増えてきた。

今度は「海外とのバランスもあり、普通車と軽自動車の税金を統一します。軽一万円～一万二千円で軽の方は上がりますが、普通車の方は三万七千五百円～三万五千円に統一するから下がります。低所得の方は次回の車検に限り現行通りです」とチョット貧乏人の頭を撫でて終わり、頭のいいお役人様が又又増税して戴けるかなと。そう遠くない時期にそうなる様な気がして、私の様なへそ曲がりじじいは心配だ。

話が脇道へ行った。牛乳の販売店だった。配達用の車はあるし倉庫もある。後は取り扱うメーカーを決めにゃあ。地元にはニシキ牛乳、森牛乳、尾西牛乳、名古屋牛乳、一宮牛乳などがあり、森永、明治、名糖、雪印、グリコなどの一流メーカーも浸透している。知人の販売店の店員に話を聞くと、「一般的には最初大型の販売店から商品を買い入れて配達し、お客様が増えてから特約店に昇格するのが普通だよ」という事だった。お客さんを増やすのが一番大変なんだろう。最初からサブ店じゃ仕入単価が高く、サービスも難しいだろう。特約店じゃなきゃだめだな。特約店になろう。特約店になれなかったら、販売店もやらないと決め、各メーカーに当たってみる事にした。グリコ、森永、明治、雪印、名糖、思いの外特約店の壁は厚かった。「実績がゼロなのに特約店なんてとても無理だ」と、条件も提示してくれない会社もあった。「何度来ても無理だよ。まずサブ店から始めて実績を作りなさい」と断られた。

半分諦めかけた頃、自宅へ明治乳業営業の松田さんが訪ねてきて、こんな提案をしてくれた。

「君の若さと（当時二十四歳）、熱心さを買って、最後にもう一度話し合いたい。一番大きな問題は特約店になるために必要な預託金三百万円だが、君は全く出せないという事なので、岐阜の兄さんに三百坪くらいの土地を担保に入れて貰える様にお願い出来ないだろうか。実績不足の方は私が会社に若さと熱心さを買ってやって欲しいと稟議書を書いてあげるから」

それでやってみないかと言われ、「やります。必ず兄を説得します」とその提案に乗ることにした。

洞戸の秋男兄に話をすると、「お前がやりたいならやってみろ」と言ってくれ、一安心。早速明治乳業に連絡して書類も作り特約店契約完了。さあやるぞ、牛乳屋さんの開店だ。開店はいつにしよう。結婚したばかりだし店も退社して仕事も無しで、いつまでも遊んでられないな。よし開店は来月の一日だ。一カ月と五日しかない。しかも未だ配達先のお客さんは一軒もないのだが、「やるぞ、やるぞ、やるぞ」と、気持ちだけは高ぶっていた。

牛乳販売を始めるのに一日も牛乳販売店に勤めた事がなく、すべて手探り。先ずセールスに出掛けるのに毎日見本の牛乳を二十本持って出る事にした。牛乳二十本入る配達用のビニールバッグ二個と、各家庭に取り付ける牛乳箱二百個だけ会社が提供してくれた。見本用の牛乳毎日二十本は、市内にある小売店から自腹で買って使った。営業に回り始めて三日間は一軒も取れなかった。地元のニシキ牛乳や森牛乳、一宮牛乳などを取っている家庭が多く、全国メーカーの方が少なかった。

「あんた、何回来ても無理だよ家《うち》は。ニシキと森永取ってるから」とか、この家は牛乳箱が付いてないからどうかなと尋ねると、「子供もいるし欲しいけど、今お父ちゃんの会社、残業が無くなっちゃったから無理」とか、「牛乳は夫が大嫌いでだめ」とか、一本だけの家は「義理で取ってるので変われない」というところが多かった。

じゃあ、どうする？　猿とあまり違わない脳味噌しかない身では、いい知恵も浮かばない。どうするじゃない、新しい家も含めてもう一回行ってみるか、いま二本取っている家に、一本は明治の牛乳を取って貰える様お願いしよう——そう考え直して、一度断られた家を回り始めた。

「こんにちは明治乳業です。奥さん、お宅の庭キチンとしてるけど、ご主人が剪定されるんですか？」

「そうだよ、父ちゃんの趣味だからね」

「すごいね。アッこんな時間か、又」

と言って帰り、牛乳の話は一切しない。次の日すぐ訪問してみたいのにわざと一日置いてから行った。

「こんにちは～」

「又来たー。もうあんたにはかなわんなー。一本だけだよ。一本だけで良かったら来月から配達して」

私の方がお願いする前に、申し出て戴けた。ありがとうございます。初契約をしてくれた渡与紡績前の浅井さん、生涯忘れられないお客様の一人だ。

営業マンは一般の会社でも苦労の方が多いが、契約成立の喜びは又格別で、その喜びが次の仕事のエネルギーになる。営業マンはプライドの高い人や、打たれ弱い人は無理かな。明治の牛乳を売ってくれるお店も、菓子の小売店と八百屋さんと二軒出来、家庭用の牛乳も七十本やっと確保し、一日の扱い量百本程で、ようやく開店を迎える事が出来た。牛乳は百八十cc（後に二百cc）の瓶入りで、木箱に四十本ずつ入っていて、明治乳業稲沢工場からトラックで早朝に配送されてくる。セールス中にお客様から質問されても答えられない事が多かったので、会社の松田氏にお願いして、講習を稲沢工場の事務所で受けた。近隣の牧場から生乳を集荷して商品を作るのだが、各生産牧場によって品質がバラバラだから品質を統一している事、牛乳という名称を使うには乳脂肪分三％以上必要な事、各牧場から集荷した原乳の中には三％以下の品質の物もあり会社で調整している事、超高品質で三・九％もあれば遠心分離器に掛けて四％くらいにしてチーズやバターにも出来る事。牧場等で搾りたての牛乳を飲むと濃くておいしいと言う人がいるが、あれは脂肪の塊がまだ大きいからで、メーカーではそれを超細かくして消化をしやすくしている事。牛乳としての栄養は市乳という商品で、しかも一番安い製品で充分である事、消費者の好みでビタミン類をプラスしたり、濃厚さを出すために添加物を入れたりする分だけ高くなる事、乳酸菌飲料は一ccに一千万個以上の乳酸菌が入っている事、配送されてくる牛乳瓶のキャップに製造日付が入っているが、配送される八十％は当日付けだから配達分はこれを使うこと、消費者は冷蔵庫の無い家が多いので昨日付の牛乳は残った古い物として嫌がるので。その他二十％の配送分は在庫調整が楽なように明日付けになっていること、冷蔵庫に入っていれば一週間は大丈夫だから問題ないことなど。

色々教えられ、「ふ～んそういうものか」と納得して配送が始まった。牛乳、コーヒー牛乳、フルーツ牛乳、ヨーグルト、パイゲン、三合牛乳、五合牛乳などなど。当初は配達戸数が少なく朝五時起きで一時間で終わった。朝食後にお店を二軒回り、新しい店の開拓と戸配のセールス。扱う本数は増えていったが、採算的には未だ未だ大変だった。小売店で販売してもらうのに牛乳のストッカーを貸し出しする必要があり、一台二十三、四万円のストッカーをローンを組んで購入した。株で得た資金も家と車と倉庫、大型冷蔵庫、開店資金、当初の生活資金に全部消えた。いよいよ借金地獄の始まりだ。牛乳屋は自転車か単車で配達するのが普通だったが、私はバイトを少なくした方がいいかなと、車で配達した。車といっても軽三輪だったが。尾張地方の牛乳屋で、当時車で配達していたのは自分だけだった。

車も当時は欠陥車が多かったが、自分の車もその一つで、マツダの軽三輪トラックランナーだが、雨降りの日に水たまりへ勢い良く入るとレギュレーターが濡れてエンジンがすぐ止まった。二十分くらいでエンジンが再稼働するが、朝の配達時などはいらついた。又朝配達直前にガソリンが無い事に気付いた時は、配達をやめるわけにもいかず、スタンドに行っていては間に合わずで困った。

「よし、尾西のあの家で貰おう」

と、石油ストーブのポンプを持ち封筒に五千円入れポケットに。あの家は表にトヨエースが有り、荷台の下のタンクはキャップも大きくガソリンが抜きやすい。但し見つかったら事情を話して五千円で許して貰おう。石油ポンプとジョウロを持って早朝（四時頃）ガソリンを抜いて、配達し帰った。早朝だったからか何事も無かった。何の事はない単なるドロボーだった。

販路拡張のための営業活動も必要なのだが、扱い量も増えてきて集金等の業務もあり、手薄になったと感じた。それで明治乳業に依頼して、外部のセールスを入れる事にした。三人ずつ五日間入れた。七十本くらいの成果があったが、彼等の営業は荒っぽく、二十本くらい無駄になった。業界で「天ぷら」と言うのだが、表札を見て住所名前を書いて出したり、又お客さんには「一カ月だけ」と言い、受注書には半年、一年契約と書いて出したりされた。腹の立つ奴もいたが、会社に申し出ても「そんな奴しかいないよな」ということで、泣き寝入り。

銀行から担保証やその他借入し回すだけで大変だ。朝早い仕事なのに、夜八時過ぎ頃から近所の近藤さん宅で時々花札をした。馬鹿みたいに安い賭けだったが、それが唯一の娯楽で、日夜のストレス解消になった。時には午前二時頃まで遊んで、そのまま仕事に行き、道の真ん中で車を止めて寝てしまった事もある。那加の姉に依頼して奥山さんに百万借りた。毎月の返済もきつかったが、若さもあり気力は落ちなかった。

セールスを入れたあと集金に行くと、「一カ月だけの約束だから、今月で止めてね」と何軒も断られたが、想定の範囲でもある。驚いたのは朝起きたら車のタイヤの空気が二本抜かれていて配達に出られず大困り。バイトが帰って来てから自転車で行ったが「遅い！」と苦情を言われた。これもセールスを入れて同業他社に恨まれた後遺症か。しゃあない頑張るぞ。バイトも五名になり扱い高も増えてきたが、一カ月の集金が大変だった。女房も手伝って集金した。子育てもある中で目の回る多忙さだった。

長女美花、長男雄大も小学生になった。大阪万博が開催中で日本中大盛り上がりの中、我が家は借金の返済に忙しく連れて行けなかった。子供達の夏休みが終わり、九月の始業式の日、友達が皆万博の話をしていたらしく、話の仲間に入れなかったと、しょげて帰って来た。その姿を見て女房が目に涙して、「うちも連れて行ってあげたかった」と。見て見ぬふりをしてきた自分も気持ちは同じだった。その夜、「よし、明日万博へ皆で行こう」と宣言した。何しろ無理やりの話でお金も使えず、少しでも安くと国鉄の準急で行った。子供達が喜んでくれたのが救いだった。万博もあと数日で終わりとなる時で、各国館も超満員で、三、四時間待ちでとても入れず、ネパール館と小さい国の館二カ所と計三つしか入れなかった。レストランもどこも満員だった。女房と一番安い食事を探したらカレーだったが、カレー一杯が腰の抜ける程高かった。うまくもないたかがカレーが八百円だった。子供達はキョロキョロしながら喜んで食べてくれた。女房と「連れてきて良かったなー」と話し、「太陽の塔は大きいな〜すごいな〜」と借金のことはしばし忘れて一日楽しかった。お雛様も買ってやれず、七五三も行けず、子供達には本当に申し訳ない事をした。

ある日、女房の妹と私が問題を起こした。彼女の母と妹も近くに住んでいたので、子供たちを連れて女房が家を出て行った。自分がすべて悪いが、何しろ店もありグチャグチャだった。店の売上げと通帳と実印を持って行かれて途方に暮れた。女房の妹に、「お前の方が優しくていいよ」と口に出して言った自分が悪いと思っていても、「キッスどころか手も握ってもないのに……」と思って、すぐには迎えに行かなかった。松浪の伯母さんが中に入って半年後に帰宅した。女房に平身低頭詫びを入れて「わかった」と言ってくれた時はほっとした。バカな自分のために子供達を父なし子にせずに済んでやれやれだった。

父死亡の一報を受け、女房が「あんた早く行かんと」と言ったが、「危篤なら今すぐ行くけど、亡くなっている以上一時間や二時間早く行っても同じこと。残りの仕事を片付けてから行く」と言った。死因はガンだったが、顔は穏やかだった。山村の葬儀は大変で、集落の古老達が祭壇の飾り物を金銀の紙を竹に巻いて花立を作り、竹の芯に金銀紙を巻き花を作り、のぼり旗も作り、飾り物は集落ですべて作った。墓穴掘りは当番の野掘りの人が二人で二mチョット掘る。野掘りの現場を墓地へ見に行った。墓も満杯で、実母を埋葬した場所を掘った。野掘りの人が、「輝ちゃん、ほれお母さんの足じゃ、今度は頭じゃ」と下から上に投げ上げてくれた。「櫛もあるぞ」――色々出て来た。

仏壇の前での儀式が済むと出棺し、行列で墓地へ行き、お坊さんに引導を渡されて埋葬する。行列の先頭はのぼり旗、次に位牌、祭壇の飾り物等々で、棺《ひつぎ》は白装束の身内の男衆四人で担ぐ。担ぎ手が少なくなるとリヤカーに乗せて行った。出土した母の骨は箱に入れて、父の棺と共に埋葬した。野掘りの人は大変な役目なので、掘り終わると一番風呂に入って貰い、お膳に酒も付けて皆々がご苦労様と大事にした。親父は八十一歳だったので長生きだった。その夜、御苦労さん会で土地の人々は、皆良かった、良かった、じいちゃんも長生きで大往生じゃと、酒の一升瓶二十一本も飲んで大盛り上がりの葬儀だった。

その後一週間、夜はお念仏が続き、初七日になる。兄嫁のふさえ姉さんは、裏方の雑用を一切仕切って一番大変だったと思う。親父は体が弱い事もあったが、仕事もあまり出来なかった。それでいて苦労の多い秋男兄いに文句ばかりの困ったところがあった。ただ、死んでしまえば仏様。「般若心経」でも覚えようかと、洞戸の高得寺の坊さんに聞いたら、これで覚えなさいと心経の本をくれた。今でも大事にしています。父の後を追うかのように、さか姉も一年後に亡くなった。

店の納税申告を民商を通じて出し、七月頃に税務署の課税課に行き、「課長いるか」と聞くと係が出てきて、

「何でした？」

「何でしたじゃないんだよ。この通知誰が出したんだ？」

通知書を見せると、

「税務署で調査した結果を出してますから」

「俺の所の様な赤字の店に、追加納税なんておかしいだろう。何を、調査してるんだバカヤロウ！」

大声で話すから、奥から係長か何か他の人間が書類持って出てきて、

「貴男の店は、同業他店と比べて、瓶とか物損が多過ぎるからです」と言う。

「税務署はなあ、どこの店も同じ数の瓶や箱が同じように使われんとだめなのか。うちの店はなあ、売上げの六十％が小売店で売ってくれてんだ。小売店で牛乳買ったお客さんは、瓶や箱を返しに来ない人が多いから、損失が多くて当たり前だろう」

前に書類を持ってきた奴が、

「船戸さん、瓶や箱他損失分はともかく、車もあるし、大型冷蔵庫もあるし、倉庫もある。償却で落とせる分があるから、今回は相殺《そうさい》という事でどうですか？」

「どういう事？　追加納税なしかね」

「そうです」

「それでいいよ」

で、帰って来た。牛乳の扱い量は一日千六百本になっていたが、先行きの見込みが立たず苦しい日が続いた。セールスを入れるたびに妨害も入った。車にブロックを投げ込まれ、フロントガラスがメチャクチャになった事もあった。集金に行くと赤ちゃんがいて三本も取っている家が、三カ月未収のままで、

「ごめんね。主人の会社が景気悪くて給料未だ貰ってないから、来月四日頃来てね」と。四日に訪問するとすでに空家だった。逃げられた。腹は立ったが、赤ちゃん連

れてどんな思いで逃げたんだろう……。こんな事考えてちゃ俺もこの仕事向いてないのかな～。

二十数台入れた牛乳の冷蔵ケースの負担が大きく、借金もなかなか減らず、サラ金に借り始めている始末だった。店を閉めても借金が大きく、並の会社のドライバーくらいでは返済出来る見込みがなかった。卓球仲間の富田氏に相談したところ、「頑張れば大丈夫だから、俺の勤める会社へ来い」と誘ってくれた。

その夜家族を集め、こう告知した。

「うちは借金が今七百万円以上あるから、今月で牛乳屋を閉めます。お母ちゃんがこれからはおかずを作りません。漬物と梅干とつくだ煮だよ。他人から野菜など貰うな。燃料が必要になる」

女房に「わかった？」と聞くと、黙って頷いた。

心配するな、俺が頑張るで。頑張るぞ！　次の仕事。

第三部　実年期Ⅰ（三十一歳～四十八歳）

◆大手住宅メーカー

昭和四十六年（一九七一年）十二月、大手住宅メーカー一宮営業所入社。卓球仲間の富田彰氏の紹介で初出社した。山栄の大将が成人祝いに買ってくれた一着しかないスーツ姿だった。会社は三階建てで、一階が建築課と事務所、二階・三階は営業マン詰所で、一部と二部に分かれて二十数名の営業マンがいた。新人紹介を受け、午前中講習、午後先輩に従いチラシ配布だ。

出社し始めて数日後、朝礼が終わってから林所長が、

「今から新人三名俺について来い」

と車に乗せられて、尾張一宮駅の入口に立たされ、「ここで一人ずつ歌ってみろ」と言うので三人顔見合わせて、

「エッここでですか？」

「そうだ早く歌え！」

一人が歌い出すと、

「だめだ、声が小さい。やり直し！」

又歌い出す。

「聞こえん、もう一回！」

やけくそで大声で歌うと、

「よし次！」

三人大声で歌い終わると林所長が言った。

「今君達は頭の中で、朝のこんな通勤客がいっぱい通る中で歌なんか歌わされて何になるんだ、仕事に関係ねえだろう、知り合いにでも見られたら恥ずかしいのに……そう思っているだろう？　それがだめなんだ。恥ずかしいと思うのは、何の役にも立たん。君達のプライドが邪魔しているんだよ。仕事中は自分のつまらんプライドは一切捨てなさい」

その時は半分納得出来なかったが、後にプライドは抑えて頑張らんと営業は難しいと身に染みた。駅に行った次の日、所長が、「船戸君、俺の車に乗れ」と乗せられて、岐阜の商店街のゴルフショップに入って、

「船戸君、どれ買う？」

「所長、僕はゴルフはやってません」

「やってませんじゃないよ。住宅であれ、店舗であれ、マンションであれ、うちの会社は高額商品を扱ってるんだ。ゴルフの話も出来ん奴は、仕事なんか出来ん。いいから買え！」

「お金が無いです」

「俺が立て替えてやるから、早くいい仕事をして返せ」

で、買う事になった。七万円だった。少しばかり金回りのいい営業マンは仕事が出

来ないが、君は金に忙しそうだから、努力すれば必ず出来るから頑張れと言われた。

褒められたのか、貶《けな》されたのかどっちだ？　きっと期待されているのかな、と少し嬉しかった。

会社の営業は飛び込みセールスが中心で、各自自分の車で活動するが、相変わらず金欠で車も買い替えないままだった。エンジ色のトラックの荷台に、明治乳業の看板を描いたままで建築の営業活動をした。昼間チラシを持って訪問活動して、少しでも可能性のあるお宅へ行って話を聞いた。訪問する時明治乳業と書いたトラックではおかしいので、遠くに停めて行った。

今度の仕事も未経験だったから、勉強をして知識を少しでも多く得て、早く先輩方に追いつき、一人前の営業マンになりたいと思った。下請の建築会社の社長や社員に、建物に使う部材の名称や、なぜそこに使うのか、瓦の種類と耐性、屋根の角度、下地の作り方、部材の切込み（昔からの大工仕事通りだが、当社独自の補強金具がありその使い方）、などを教えてもらった。覚える事があり過ぎてパニクりそうだった。少し時間があると、市役所の建築課に行き、新都市計画法について教えてもらった。

私の入社した昭和四十六年十一月二十三日から同新法が出来、農地に住宅等自由に造る事が出来なくなった。税務署にも行き、生前贈与や所得関係その他教えて貰った。各役所も現在ほど来客も多くなく、それなりに親切に教えてくれた。不動産屋へも名刺を持って十軒以上回り、各地の地価や取引法等色々教えてもらった。

先輩の富田さんと二人で飛び込み用チラシを配布して建築計画を持っている人を探すのだが、新人は特に効率が悪かった。

ある時古い長屋を訪ねて、一軒の家へ入ろうとしたら、

「船戸君そこは行かんでいい」

「エッ何で？」

「あのなぁ、外見てみい。大きな黄ばんだパンツが二枚干してあるだろう。そこは年寄り夫婦が住んでるんだ。年寄に家はいらん」

そこで隣へ行こうとしたら、

「そこも行かんでええ。家の中、ガラスの向こう見てみ。赤や緑のパンツがいっぱい干してあるだろう、飲み屋の女の一人暮らしだ。そんな奴に家は作れん」

なるほどそうかと感心。

「それより向こうから二軒目の家は、この長屋で一軒だけクーラーが入っているから行ってみよう」

そうか、先輩はプランプランと歩いている様でも、家の前に立つと相手を一瞬で見抜いて無駄な事をせず効率を上げてるんだ。いいこと覚えたと思った。他の先輩の不破さんに同行した時も、古い借家でベンツがあるから行ってみようかと言ったら、

「やめろ。車が新しくないだろう。あんな古い車二十万か三十万で買える奴だ。金も無いし収入も少ないから、この借家にいるんだ。だめだめ。見栄だけ張りたい奴に家なんか出来るはずがない。それよりあの家、クーラーも入ってないし、車も置いてないけど、汚い借家ばっかりの中で外がきれいにしてあるだろう。あそこは女房がしっかり者でキチンとしているから、将来家を作る計画があるかもしれん。行ってみるか」

と言った。仕事の出来る人は見る所が違うな、凄いなと思った。

車は富田さんが、

「俺、買い替えるからお前が乗れよ」

と五万円で売ってくれたので、明治乳業のトラックから富田さんの乗っていた車に替えた。ゴルフも林所長が練習に何回も連れて行ってくれて、練習代も払ってくれた。借金も少しずつ減り、家のおかずも入社七カ月後くらいから通常に近くなった。

この頃、息子雄大の友人で後に中日ドラゴンズにドラフト一位で入団した藤王君が、いつも苅安賀《かりやすか》から遊びに来ていた。背が高く鼻水もよく出していたが、優しい子だった。中日で大活躍した時は本当にビックリした。

下請けの桑木建設の社長の桑ちゃんが、「船戸さん、ゴルフも練習だけじゃうまくならんよ。現場へ行ってやらんと。今度一緒に行きましょう」と誘ってくれた。どこのコースだったか忘れたが、「初めてだからドライバーは無理だろう。今日は全部ティーショットで、五番で打っていこう」と言われた。

一番のティーグラウンドに立ち、ビビりながら打った。一日中右に左によく走った。グリーンを初めて見た時は、芝生なのにこんなにきれいなんだと感動した。茶店も珍しかった。プレーが終わって風呂に入り、レストランで食事して帰ったが、広大な敷地に豪華な設備の中でゆったりプレーし、さすがにゴルフは金持ちの遊びだと感じた。この頃からサラリーマンゴルファーが増え始め、ゴルフ場も次々とオープンしていった。自分の初ゴルフは百六十越えのスコアだったが、楽しかった。桑山社長や森下建設の社長ほか、色々なコースへ連れて行って貰った。

美濃カントリーが出来た頃数回行ったが、何番か忘れたが、自分の様な下手クソがまああの打球かなと思っていると、百九十ヤード付近に幅六十㎝くらいの水路が横切っていて、そこへコロコロポチャンとはまる。同行のプレー仲間に、「船ちゃんドライバーなら越えないと」と言われた。下手な奴は力が入ってだめだな～。犬山カントリーの六番も谷越えのショートホールで、下手な奴が打つと芯に当たらず手前の土手を下までコロコロ転げ落ちて一打プラス。三回打ち直してギブアップ。その程度のゴルフの腕だったが、ゴルフに行ける時はいつも楽しみだった。

仕事のミスも時々あった。市内の北方町で土地を買うのにお客さんを不動産屋に紹介して五十三坪売って見積りも済み、上棟寸前の段になってお客さんからクレームの電話が入った。

「念のため土地を測ってみたら三坪ばかり足りないがどういう事か？」

すぐに飛んで行って売買契約書を見て、自分が法務局で取ってきて渡した土地謄本も確認し現地を自分も立ち会い再度測り直したが、やっぱり三坪足りない。

「わかりました。私の責任なので、三坪分はお返しします。申し訳ありませんでした」

と、一週間後に十数万円支払った。大損だったな。でも納得がいかず調べてみると、

「前の道路が広くなった時に、道路に少し取られたよ」と近所の人が教えてくれた。

地主に掛け合ってみたが、

「君の方の調査不足だろう。今さら俺の方は関係ないよ」

で終わり。そういう場合は、「公簿面積による」と売買契約書に一筆書いてあれば問題なかったと後で知り、いい勉強になった……はずだったが、同じミスを一年後に又やった。奥町で五十六坪の土地の売買で道路が広くなった話もないし、境界杭もしっかりしている。何の問題もなしと思ったが、測ってみるとやっぱり六坪足りない。またまた六坪分自腹でガックリ。何故だろう？　調べたがわからない。やがてある司法書士が教えてくれた。

「船戸さん、奥町の西の一部は、土地に境界杭が打ってあっても、測ると登記簿分が

足りない土地が多いよ。あの辺はやばいよ」

「何故なの？」

「俺も確かな事は知らないが、明治の頃、境界が『あの石からこの植木まで』という様な事だったので新しく杭を打つ事になり村の役員達が測ったが、当時は一間《いっけん》の間竿《けんざお》で五回ペタンペタンと倒して『お宅間口五間ね』、十回倒して『間口十間ね』という風に測っていったが、悪い役員もいて、測る竿を一寸（三㎝）程切ってあったので、登記簿分が足りなくなってると聞いた事がある」

「ウワー、又やられたか」

その後は懲りて、売買契約書に【公簿面積による】と必ず書き入れる様にした。何事も勉強だ。済んだ事はしゃあない。

建築はクレーム産業だと言われる程、色々な問題が発生する。住宅の計画はあるが土地の購入がまだの方に土地を探し、本人も気に入って銀行へローンの申請をする。ところが保証人がお客さんの身内ではどうしても探す事が出来ず、

「船戸さん迷惑は決して掛けないから、保証人になってくれないか」

と夫婦で頼まれた。二人の「何とかマイホームを持ちたい」という気持ちに負け、また自分も成績が欲しいので保証人になり、お客さんが土地を買った。住宅金融公庫も私が申し込みをし、当選。早速会社で見積書を作って、夫婦が帰宅した夜に訪問し

て、

「見積書が出来ましたのでお持ちしました」

と言うと、

「船戸さん、色々お世話になったけど、身内に大工がいるんで、そちらで作る事になったから申し訳ない」

「わー、それはもう決定ですか」

「身内だからねー。断れんのだわー」

「チョット待ってよ、私も納得いきませんよ」

先ず見積りを見て考えて、「予算的にどうしても無理だからごめんね」ならまだしも、一度も見積りも見る気も無く断るって事は最初から私の方が騙されたのだ。

お客さんは一言も発しないままなので、

「わかりました。その代わり明日住宅公庫の方も取り消して来ます。私が申し込んだので、保証人も降ります。失礼します」

テーブルをひっくり返して「バカヤロー」と言いたかったが、怒っちゃいかん怒っちゃいかんとやっと辛抱した。次の日、昼に会社へ戻ると、昨日のお客さんから名古屋支店の白石支店長に、「私の住宅公庫の申し込みを、お前んところの営業社員が取り消すと言ったが、そんな勝手な事していいのか」とクレームが入っていた。支店長はカンカンで、所長から言われた。

「船戸を連れて謝ってこいと言うから、今晩行きたくないだろうが行くぞ」

「謝る理由なんかないから行きません」

と言うと林所長が、

「俺が全部話をするから一緒に付いて来い。いいから」

仕方なく一緒について行った。相手も話をしなかったが、私も一言も謝らなかった。所長には心配かけた一件だった。

滅多に経験できない事もあった。扶桑町で地元のチョットした名家のお客さんで、息子さんの家を作る話だった。慎重で難しい両親だった。時間をかけてやっと信頼してもらい、ついに部屋に上げて戴き話を聞いて貰えるまでになった。夜間に訪問するようになったが、奥様が、

「船戸さん、家に夜来る時は懐中電灯持って来てよ。昨日も入口の竹藪の所に一匹、風呂場の前に一匹、マムシが居たからね」

「エッ、マムシがいるんですか？」

「うん。ここはヘビがいっぱいいるからね。雨が降った後なんか庭のイチジクにヘビが十匹くらいぶら下がっているよ。今年の春もヘビ屋に来て貰ってマムシを五十匹くらい捕って行ってもらったから。一万円置いていったよ」

今時そんなヘビ屋敷があったのか。マムシ五十匹には本当にビックリした。その後夜間訪問は明るい電灯を持って慎重に行き、マムシに咬まれずに済んだ。息子さんの住宅は少し離れた場所に建った。屋根もスペイン風で外装も白のシャレた建物で、完成後大変喜んでくれた。いいお客さんだった。

先輩の不破さんと仕事に出かけた時のこと、飛び込みを散々した後の帰り道、明らかに他社の物件と思われる新築の高級住宅の前で車を停めた不破さんが、

「チョット行ってくるわ」

と出ていった。十分程で帰ったので、

「不破さん、あんな新しい家へ行ってもだめなんじゃないの?」と言ったら、

「船戸君に教えてやる。建築計画のあるお客さんを探すのは、古い家や古い長屋、借家だけじゃないよ。他社で新築の家に行くんだ。それでまず家を褒めろ。いい家ですね、豪華ですね、お金かかったでしょう、みたいなバカな褒め方をするな。どう褒めるかは自分で考えろ。この人建築の事がよく解っている人だなと思われるような褒め方が出来ないと信頼されないぞ。信頼されない奴に紹介などしてもらえないからな。

人間誰でも自分のマイホームが出来た時はうれしい。特に女房はな。新築おめでとうと花でも持って来てくれるとうれしいものさ。今度友達五、六人でここで食事会するから来ない? 食事会となると家も土地もやっと買ったけど……とか、探している

とか、そんな話も出るものだ。それを自分に紹介してもらえる様に、用が無くても時々立ち寄る事が大事なんだよ。営業マンは、お客さんから信頼される事が一番大事なんだ。会社や下請の会社と喧嘩しても、お客さんの味方しろ。お客さんに助けてもらえる時が必ず来るから。不動産屋でも大手のデベロッパーでも、分譲地が売れた頃法務局へ行って地番から謄本から取ってみろ。買い主名、住所、銀行でいくらローンが組んであるかなどすぐわかるぞ。自分で分譲地を買っているような人は、計画が進んでいるから割り込むのは難しいが、話が出来れば早いぞ。外に出たらすべて取材に繋がると思ってアンテナを多く立てろ。耳を多く持って誠意ある対応が出来る奴が最後は勝つ」

「ありがとうございました」

その日は、最高にいい話が聞けた。

大学出の営業マンなんかに絶対負けんぞと気力だけはあった。借金も二年間で五百万程払って、もう一頑張りか。ストレスもあったが毎日が楽しかった。会社は営業中心の会社で〆切が多く、一、五、十、十五、二十、二十五、三十と五日ごとに七回〆切がある。早く成績が出た月はいいが、出ない時は苦しかった。成績が出れば殿さまで、悪ければ足軽どころか泥棒扱いだった。パワハラどころか「たこ部屋」かと思うほど。朝礼の時など「そこの成績の悪い三人、三カ月も悪いとはどういう事だ？　会社は遊園地じゃないぞ。遊び場じゃないんだ。遊んで給料だけ貰ってる奴は泥棒と一緒だ。会社に泥棒はいらん。成績を出すのが嫌なら、明日から会社に来なくていいぞ。解ったか！」

とても女房子供に見せたくない姿だった。朝礼後所長が、

「船戸君、今日は雨で飛び込みも出来んだろう。あの三人とロールプレイングやってくれ」

「解りました」

ロールプレイングとは、私がお客になり、営業マンが売り込みのための練習トークをする事だ。練習が終わり近所の食堂で食事をしながら、

「俺もスランプの時、よく怒られた。でも皆一緒だ。頑張れ、頑張るしかない。俺で良かったら、難しい案件の時いつでも同行してやるぞ」

と励まされた。二人で訪問して契約できても成績が半分ずつになるので、成績の悪い営業程一人で何とかしようとして話を壊してしまう場合が多かった。営業マンは出入りが多くて後輩も増えてきた。ストレスの多い仕事で、皆夜の街に出掛けた。

「船戸君は飲まないから、運転手でよろしく」

と、先輩達と最初の頃は行っていたが、自分も後輩達を連れて岐阜の柳ヶ瀬に通う

ようになり、スナックのボトルも十カ所くらい入れていた。後輩達から「船戸さんのボトル飲んでいい?」と聞かれる度に、「おう飲んで来い。無くなったら俺が入れておくから」と言って飲ませた。後輩たちが見込み客を探して来ると、私に同行依頼をすることが増えて、大して仕事をしなくてもそれなりに成績は残せる様になった。

銀行がまだ、金持ちには貸すが庶民には金を貸さない時代だったので、会社では、庶民に家を建てさせるために、毎月積立目標の三割積立てると残り七割を会社が貸付けて建築し、十年、二十年で返済してもらうシステムを採用していた。住宅金融公庫の融資が庶民の頼りだったが、枠も小さく希望者が多く、抽選で当たるのが難しくなっていた。そこで日本電建、殖産住宅、当社の積立式の三社が熾烈な競争をしていた。

老舗の日本電建などは、庶民が電話を引きたくても小さな家一軒分程の金が必要だったので、電話を引きたい人のために積立式を始めた最初の会社である。その後銀行系の住宅金融サービス、ローンサービスが出来、銀行もやっと庶民の住宅に金を貸すようになった。が、金利は高く九%だった。ローン専門の会社は審査は通りやすかったが金利が一番高く、十一・八八%だった。一千万借りると年金利が百十八万八千円だ。昭和四十年代、五十年代に一番多くマイホームを作った団塊の世代の人達の金利負担は大変だった。

市内大和町のお客さんで、名大助教授のお宅へ訪問し話が進み、

「先生、先日お願いした源泉徴収票取って戴けましたでしょうか?」

「うん、これだけど少ないよ」

と見せられた源泉にビックリ。名大助教授なので年収五百万円以上あるだろうと思ったら百七十万円弱だった。

「国立は国家公務員で給与は安いんだ。私大へ移れば五百万以上くれるが、私大へ行ったら研究が全然出来ないから。設備が無いから」

「そんなに違うんですか?」

「スタッフも足りないし。名大なんか学生も四千人くらいいるけど、教授から事務、掃除のおばさんまで入れると学生と同じくらいいるもん」

「そんなにいるんですか」

と、また驚いた。先生に私達の知らない事もいっぱい教えて貰った。住宅の完成後呼び出しを受け、クレームも付いたが、何度も訪問し、桑山社長も同行して謝るところは謝って了解を得た。クレームが入った時は早いほど解決しやすいので、すぐ訪問してまず謝った。

クレームといえば喫茶店の女で付き合っていた三四子のアパートで昼間からマージャンを会社の連中とやっていると、電話が鳴ったので手近な自分が取ると、

「あっお父ちゃん、○○さんから電話で急ぎ来て欲しいそうだから、今日中に行って

よ」

「うん、わかった」

と、電話を切ってからハッとした。

「今女房だったよな、何故ここ知っとる？」

尻がムズムズして、マージャンも落ち着かなかった。

「今夜帰ったらチョット煩わしいぞ」

ところが夜帰っても何も言わない。風呂を出てからかな？　出ても言わない。寝ながら、朝出社前にゴチャゴチャ聞くのは嫌だなと思った。女房が言い出すまで針のムシロで落ち着かなかったが、朝も言わず、その夜も言わずで、気持ち悪くて気持ち悪くてそれっきり彼女のアパートへ行かなくなった。後に考えると、結局女房の方が上手だったかな。

クレームも色々で、電話の入ったお宅へ早速訪問すると、お客さん夫婦の他に知人だという大男がいて、粉を振りながらドスを研いでいた。「凄く切れそうですね」と言うと、「おう指なんかストンと落ちるぞ」。「気持ち悪〜」と思いつつ夫婦と話を始めた。ところが、大工のミスで大黒柱にキズが付けられた、大黒柱を取り換えてくれの一点張りで、

「お宅の会社の方のミスでしょう。取り替えてくれたら残金もすぐ払うと言ってるん

だから。私達の方が間違っているかね」

「むろん間違ってはいませんが、完成した今、取り替えるのは無理です。建て替えなければ出来ません。建て替えまでは当社も出来ません。補修をさせて戴ければ、傷はほとんど消えますので……」

それでも、建て替えてくれの繰り返し。夜も十一時を回りこの辺で勝負するかと、

「わかりました。会社は補修までしかやる気はありませんが、私の独断で手直しは精一杯します。その他に屋根に天水樋《てんすいとい》を無償で付けさせていただきますので、それで手を打ってくれませんか？」

夫婦二人とも無口のまま。するとドスの男が、

「おい、コイツがそこまで言っているんだ、この辺りでどうだ」

その一言で解決した。ドス男が役に立った。気持ち悪かったぁー。


羽島市の不動産屋の紹介の土地を見に行った帰り、濃尾大橋の信号で停車中に後ろからどーんとショックがあり、車が前方五ｍくらい押し出された。ビックリした。後部座席にお客さん夫婦を乗せていたので、

「大丈夫ですか？」

お客さんは「大丈夫」と言っていたが、後々困った事にならない様に病院で検査し

てから帰した。そして二日後電話があり、男の声で、

「事故したらしいな、あんたの車も新車に換えてあげようか」と言ってきたが、

「事故はお互いに災難であって金儲けのタネじゃない」と丁重に断った。


営業マンは入れ替わりも多かったが、多士済々だった。ある先輩と二人で回っていたことがあったが、独特な先輩で、夜間訪問すると十二時近くまでねばったり、時には恐喝まがいの手法で契約まで持っていこうとした。そのくせ、玄関で小さな犬がキャンキャンと鳴くと怖がって帰ってしまう。変な人だった。一緒に回るのを一年で勘弁してもらった。


別のある先輩は、日本刀を抜刀してヤクザの家の玄関を開け、「○○の野郎出て来い、てめえぶっ殺してやる」と大騒ぎする様な人で、度胸のある人だった。ある時、国道で白バイに止められて警官が「運転手さん免許証」と言っても知らん顔。何度も催促されても知らん顔。返事もしない。警官も声が荒くなり、

「免許証出せと言ってるだろ！」

そこでやっと、

「お前今何と言った？　善良な国民になあ、税金で飯食ってる奴が何という言い方をするんだ。お前はどこの署だバカヤロー」

「清須署です」

「よし今から清須署へ行く。先導しろ！」

と言って清須署へ行き、

「署長、お前ん所は署員にどんな教育しとるんだ？　一般市民を怒鳴りつけて免許証出せとは何やっとるんだ！」

「まあまあ、今後は教育もしておきますから」と署長。

「今後は気を付けろ！」と言って帰って来た。

「あっはっはっは。俺免許証ないも～ん。それで免許証見せなんだの」

と先輩は涼しい顔。後で他の先輩から、「アイツは十年も無免許で乗っとるぞ」と聞いて寒気がした。俺にはとても出来ないな。参った、参った。


会社にじいさん営業マンが三人いた。私が三十五歳の頃である。藤川さんは七十五歳で、単車で仕事をしていた。普通車の免許が取りたくて自動車学校へ申し込んだら、学校から家に電話があり、「お父さんが申し込まれましたが、家族は了解していますか？」と問合せがあったそうで、それを聞いた息子が「年を考えろ！」と怒ってしまったようだ。それで藤川さん、四輪の免許が取れない……と嘆いていた。

そこで誰かが、

「単車の免許があるからいいだろう」と言うと、

「単車じゃ彼女を横に乗せれん」

と言ったので、皆ひっくり返るほど大笑いした。藤川さん元気じゃなぁ〜。俺も頑張るかと秘かに誓う。

「藤川さんあんた何しに会社へ来てるんだ？」

笑いながら聞くと、ニッと笑って、

「わしら年寄は家族の生活費を稼ぐ必要もないから、この会社へ来てチラシを持って一軒一軒回って、この家はどんな奥さんが顔見せるかな、次の家はどんな女が出て来るかなと思うだけで楽しい。少ないけど固定給もくれるし。首にならん程度の成績は出さんとな」

ある時、知り合いのタクシードライバーの奥さんに口でサービス中に、ヘアーが鼻をくすぐり大声でハクションとやったら、彼女の大事な所に噛みついてしまったそうだ。する相手の奥さんから、

「血が出て来ちゃったじゃないの。どうしてくれるの！」

と叱られて、結局十万円払って勘弁して貰ったそうだ。「じいちゃんには勝てんわ」

と言いつつ、営業マン達は仕事に出て行った。

もう一人のじいちゃんが土田さんで、木曽川から電車通勤だった。仕事は若手の車

のある社員の補佐で、四国出身だった。土田さんは七十歳くらいだったが、頭はハゲで背は低く、足も不自由で車もなかった。普通なら女にモテそうになさそうだが、チョコチョコ摑まる女もいたようだ。

「土田さん、あんた車もなしにどうやって彼女を摑まえられる？　教えてよ」

「船戸君、真清田《ますみだ》神社（縁結びで有名）へ行っても忙しい女は無理に決まってる。だから暇な女を探す。これはすぐわかる。探したら先ず声を掛ける。『独りで飲んでも淋しいんで、そこの喫茶店でコーヒーでもどうですか？』って。確率は悪いが当たる時もある」

土田さんは、「お客さんを口説く練習だと思ってやる」と言い放った。

「パチンコ屋へ行く時は、奥の手を使う。確率が一番いい。九割は大丈夫。パチンコ屋に入ったら、先ずまああの女が座っているのを探し、その隣に座る。女の玉が少なくなってきたら、財布を出して名刺を探すふりして二十万以上入れてある財布の中身をさりげなく見せつける。女がちらちらっと見た後に、『あー腹減った。ラーメンでも食いに行きませんか？』と誘う。食い終わったら小声で、『ちょっと風呂にも入りたいし、付き合いませんか？』と促して、小さく頷いたらタクシー呼んで行くだけさ」

土田さんには参ったな。負けた負けた。それにしても汚い手を使うじいちゃんだな。

こいつに営業実績を負ける事は出来んな。頑張るぞー。

そう言えば入社して三カ月くらいの時期に、稲熊支部長が「船戸君、彼女はいるか？」と聞いてきたので、「いません」と答えると、

「女一つ口説けん奴にお客さんの説得は出来んぞ。何でも勉強だ、やってみろ。牛乳の看板付けた車なんかより、新車買え。コロナでもマークⅡでも買ったらどうだ。男は借金背負ってこそ、仕事も出来るぞ」

「支部長に言われるまでもなく、借金は山ほど背負ってるんで大丈夫です」

「そうかわかった」と背中を叩いてくれた。


会社の全国営業所の成績競争があり、名古屋支店、岡崎営業所、豊橋営業所、刈谷営業所、多治見営業所、中津川営業所、一宮営業所、全国百七十営業所がしのぎを削った。もっともっと、あと少しもう少しと尻を叩かれた。全国優勝が決まると、その夜は居酒屋で大騒ぎ。名古屋支店で表彰式。うれしさと晴れがましい気持ちだったが、同時に次も大変だなという思いだった。

事務所は夕方五時に閉まるが、営業マンはお客さんのご主人が帰る夜が主戦場で、深夜十一時を回る事などいつもの事だった。昼間は時間潰しにマージャンをいつもした。雀荘代が高くつくので安い部屋を借りてマージャン部屋にし、入れ代わり立ち代

わり誰かがいた。大したレートじゃなかったが、即支払い出来ない者もいた。社員だけなのでツケもあった。ボーナス時は何があろうと清算する決まりで、ボーナスの度に何十万と払う奴、もらう奴が出た。私も徐々に払う側からもらう側に変わった。営業マンで、ボーナスを家に持ち帰る人間は誰もいない。「営業の会社にボーナスなどあるか」と女房には言っておけと先輩に教えられ、皆そうしていた。

岐阜のスナックにも通い続けた。ある時桑木建設の社長の桑ちゃんが、「船戸さんあんたの歌、『ぼくんち』で録音して来たよ」とカセットテープをくれた。喜んで自宅で聴いてみると、自分はまだ歌っているのに伴奏が終っていたり、その反対だったり……全然伴奏に合ってないじゃないか。ギターの伴奏で調子よく大声で歌っていたのだが、俺ってこんなに下手だったの？　周りの人間は「そうだよ」と思っているんだろうなと思うと、自分の歌を二度と聞いてみる気にならなかった。

その桑ちゃんは身長も高くいい男で、ゴルフも上手で体操も出来る人で、スナックの店内で靴を履いたままバク転をしてのけた。社長で金回りも良い。同じ年でも大分違うな。女房に言うと、「天と地だわ。ほんとに」と言って台所へ立った。しかし、自分の中で「彼が俺に勝てない事が一つある」というものがあった。彼にはいないが俺には子供が二人いる。秘かな自慢はそれしかなかった。子供がいない事は桑ちゃんの泣き所かも知れないと思う事があった。

「付き合っている彼女が『やっと出来たらしい』と言ってきた」

と浮き浮きして話してくれた。

「病院で医者に言われたから、今度は間違いないと思う」

「大丈夫か？」

「うん今度は大丈夫だって」

そう言うが、過去に何度かあって女に騙されているのに……と口に出せず黙っていた。子供が出来たと言って家賃や生活費、その他金を出させて、六カ月～七カ月になると、「流産しちゃった、ごめんね」なのだろう。何回同じ事を繰り返すんだと思っても、本人は入れ込んじゃってどうにもならず。マンションまで買い与えたんじゃないかと仲間に聞いたが、それ以上は解らず。月日が経っても子供が生まれた話は聞かず仕舞いだった。

しかし、桑木社長の人柄はいつも尊敬していた。社長がある時、

「船戸さん、あんたの言い分はいつも間違ってはいないけど少し考えた方がいい。相手のミスを指摘する時に、あんたは逃げ道を塞いでから責めるから、相手は逃げ場所が無い。あんたは、ミスをしたのにノラリクラリと逃げようとするのが許せないだろうが、ミスを指摘されたら誰でも悪かったと思ってるんだよ。少しは逃げ道を残して

やる寛大さも必要だと思う。ペシャンコに叩き過ぎれば、ミスした反省より恨みしか残らんと思う。世の中正しい事がすべて正しいとも限らんでねぇー」

桑木社長の言葉に痺れた。「社長、今日は本当にありがとうございました」としか言えなかった。少しばかり仕事も出来る様になると、気付かぬ内に傲慢になっていたのかなと猛省し、今も自分を戒める言葉としていつも思い出すようにしている。

家を建てるお客さんは、五年積立と七年積立と、積立せずに建築する人の三種類だった。営業マンがスランプで成績が出ない時は、月末に架空契約で申込金は社員が自腹で払い月末の〆切に間に合わせた。積立方式の会社は、多かれ少なかれこの架空契約があった。また生命保険会社にも「鉄砲」という言葉があったので、架空契約がどこでもあったと思われる。鉄砲は弾を撃ったら返ってこない。架空契約も同様に、本人証明が取れず解約できないので、申込金は返ってこない。だからこれを業界では隠語で「鉄砲」と呼んでいた。女房には「今月成績が悪いから、『鉄砲』撃って乗り切ろうと思う。だから金出して」と言えなかったので、ボーナスをプールしたり、不動産屋に土地を買うお客さんを紹介すると得られる紹介料（十万円～二十万円）をプールして緊急時に備えた。それも出来ない社員は黙って退社していった。

出入りの不動産屋、苅安賀《かりやすか》の真野不動産の社長が、「船戸君、前に自分の家を作りたいからいい土地があったらと言っていたが、俺が桜で買った土地があって、三十八坪だが、安く買ったんで良かったら買った金額で売ってもいいぞ。見て来るか？」と図面をくれた。

「いくらですか？」

「うん、坪十八万だ」

「安いねー、すぐ見てきます」

見に行くと、更地で間口四間チョットで奥行九間少し。街のど真ん中で大雄会病院にも近い。「よし買おう！」と決めた。

「真野さん、買うから、資金計画を立てるから、少し待ってね」とお願いして、女房にも話し、早速図面を作った。工事を下請けの桑木建設か森下建設かに決めよう。桑ちゃんの会社は私のお客さんを多く回していたので、自分の家は会社内のバランスもあり森下にした。重量鉄骨三階建てで、外装ヘーベル（十㎝）、屋根は瓦葺きで見積りも上がったが、建坪が六十三坪あって住宅金融公庫が使えなかった。そこで住宅ローンサービスに申し込み、ＯＫが出て工事着手。桑木建設の方に仕事を多く出しているのに自宅工事を森下建設に出したので、森下社長が喜んで、「船戸君が喜んでくれる家を作ってやる」と、材料も良い物を使ってくれ、思いの外いい家になった。

女房の母親が、戦死した夫の写真をいっぱい持っていて、それを神戸にいる腹違いの弟の母親が何としても欲しいと言ってきた。女房の母が亡くなった事を知り、叔母を通じて話があり、私が全部複写して渡す事にした。写真を持って神戸に家族で来て欲しいと言われ、一家四人で出掛け、弟さんの経営するラブホテルの忘れ物の時計やネックレスなどをいっぱい戴いて帰った。さらにその後、写真のお礼と新築祝いにと五百万円くれたが、「万一新築の家を売る様な事になったら返してもらうよ」という条件付きだった。「わかりました」と言ったが、この事が後々自分を苦しめる事になろうとは知る由もなかった。

仕事では、安い住宅地を求めて走り回った。羽島、川島方面でも売ったが、川島は随分気を付けた。原野の土地を土建業者が地主に借りて砂利を取り、名古屋方面の建築現場へ運ぶ。跡に出来た大きな穴にコンクリートガラや不燃物等を放り込み、その上部に三十㎝くらい土を入れて宅地として販売した所もあったからだ。

そんな土地を紹介して家を建てさせ、家が不等沈下を起こして傾きでもしたら、会社の責任が問われるので川島では慎重になった。建築許可は無指定地域なので問題なく下りた。日本中住宅建築のブームで、当名古屋支店も二十億近いプール資金を持っていたが、建売等は一切せず注文建築一本だった。

そんな訳で、「会社で宅地の分譲を」という営業の要望は聞いてもらえなかったが、ある時、名古屋支店から大手デベロッパーの分譲地の顧客名簿が回ってきた。名簿はもらったものだったが、お客さんに「どうしてウチが土地を買ったことを知っているの？」と聞かれたら、「土地の地番から法務局で土地謄本取って知りました」と言う様にと口止めされた。社員の噂では、名古屋支店長と都市銀行の支店長とが交渉し、都市銀行へ名古屋支店が十億円の定期預金をする事で話が出来たということだった。顧客の情報は絶対守る筈の銀行も、自行の利の為にはこんな事もするんだと思ったが、営業にはありがたかった。何しろ土地は何坪で何処にあるのか、どの銀行でローンがどれだけかなど、情報がいっぱいあり仕事がやりやすかった。

積立てを五年間して頭金を作ったお客さんの宅地を浅井町で探す事になったが、返済の事もあり、お客さんと話し合い、安い農地を買う事にした。五十坪は欲しいという希望だったので、数カ所の不動産屋を当たり、ようやく見つかった。調整区域なので店舗付き住宅で申請し、農地転用の許可が出次第土地を買い取る契約をした。調整区域の開発申請は難しく、結果が出るまでに三、四カ月もかかった。

日本経済急上昇の頃で物価が日々上がるので、一日も早く着工したかった。そこで地元に強い市議会議員の先生に依頼して、市役所各課を先生と一緒に書類を持って回らせてもらった。そうすると三、四カ月かかる書類が一日で済んだ。開発許可も一カ月少しで下りて着工した。子供さんも二人いて子供部屋も希望されていたが、予算もあり迷いに迷っていた。私も途中で増築も大変だよ、先ず家の大きさだけ確保して内装は後で少しずつするということでいかがですかと話して、三十三坪の家になった。積立のお客さんなので会社の資金も使えたが金利負担が大きいので、住宅金融公庫と銀行ローンを使う事にした。銀行の査定は厳しかったが、何とか通してもらった。

この頃駅前の都市銀行の貸付係と親しく、銀行の担保物件等について「船ちゃん貴船のこの土地建物の査定をして来てくれないか」などと依頼されたりしていたので、私の申請したローン書類も多少考えてくれたかな、ハハハ……。

工事が始まると、お客さんも毎日のように現場へ来た。ご主人は一宮太鼓の奏者で頑張り屋だった。上棟の日が近づいたが、お客さんには「上棟祝いもなにもしなくていい」と言ってお金は使わせなかった。完成間近になっても、照明器具もカーテンもない状況だった。照明はとりあえず電球だけで辛抱しようと話したりしてついに完成。引き渡しの時、「やっと出来ましたね。本当に御目出とう御座います」と言ってご夫婦の手を握り、三人で泣き、本当に感激した。初訪問から六年後の事だった。営業マンは辛い事の方が多いが、他の仕事で味わう事の出来ない喜びもあり、また頑張れた。

社内旅行も佐渡島、鳴子温泉、磐梯、熱海等五泊六日の旅で、バス二十八台に分乗てし総勢千二百名で回った。壮観だった。ホテルの一室でマージャンをやっている最中に仲居の女が入ってきて、

「あんただった？　あんたじゃなかった？」と聞くので、

「何かあったのか？」と聞き返すと、仲居の女が、

「私とした後に、部屋にお金を取りに行って来ると出て行ったっきり帰って来ない」

とおっしゃる。

「馬鹿だなあお前は、飲む、打つ、買うのに、先銭《さきぜに》もらってやらんか。只乗りされたお前が悪いわ」

と皆に言われたので、女が怒り狂って出て行き大笑いした。仲居の女がバイトで客を誘い、客に一部屋借りさせて営業するのだ。ホテルとしても売り上げが出来る。そんなホテルも当時はあちこちにあった。

旅行に行くと私達はマージャンがしたくてマージャンばかりだったが、社員の中にはどこへ行っても「女、女」で、女を何とかしたいという奴も必ず何人かいた。そういった連中の中には時々問題を起こす奴がいた。

会社に入って一、二年の頃は先輩に連れられ、石野町だったか石山町だったか、飲み屋といえば居酒屋風かバーかキャバレーだったのが、東京で流行し始めたスナックなるものが初めて一宮に出来てから様子が少し変わった。連日超満員の大入りだったのがスナック「カトリーヌ」。薄暗い方が酒の店はムードがあるくらいに思っていたが、カトリーヌの店内はぐっと明るく、若い女性が五、六人いて、衣装も華やかで新鮮だった。先輩達の運転手になり、楽しいお供をいつもさせて貰った。
スナックはバーの風俗営業の許可ではなく飲食店の許可なので、女の子が客に付いてサービスは出来なかったが、料金も安く女の子もロコツなサービスをする必要もなくなり、若くて良質な子が集まる様になり、新しい店は殆どスナックになっていき、西川グループと伊藤完三グループで競争が激しくなって行った。海外旅行に行くと、惚れてももらえぬ女の子にデュポンやダンヒルのライターなどプレゼントしたもんだった。懐かしいなあー、楽しかったなー。

会社に昼近くに出社すると、警察の家宅捜索が入っていた。刑事が五人来て、色々押収して行った。暫くすると一宮署から山下、宮脇、船戸三名に署へ出頭する様にとの通知が来て、出頭することに。出頭すると取調室へ通されて驚いた。一回り以上先輩で同郷出身の刑事、本多さんがいた。

「秋男君の弟さんの輝雄君だろう？　今日呼び出したのは不動産取引法違反容疑だ」

「どういう事なんでしょうか？　私達は違反にならない様に不動産屋を通じてお客さんに土地を紹介していますが」

「それもわかっているよ。小さい事だが、君達が不動産屋の扱っている土地をお客さんに紹介する時に、土地の所在地、何坪ある、坪いくら、お値打ちだと思いますと言っただけで、違反と言えば違反なんだ。こんな小さな案件は警察も手を出したくないが、他の業者から『あれは違反じゃないか』と言われれば調査しないわけにいかないからな。輝雄君を取調室へ呼んで絞り上げたなんて言ったら、君の兄貴に文句言われるんで――心配するな調書は俺が書いておくから。コーヒーでも飲んで帰ってくれ」

　その後雑談して帰っただけだった。後日ほかの二人には罰金五万円ずつ来たそうだが、私は何事もなく済んだ。先輩はありがたいなあー。


　社員旅行も海外は特に楽しかった。初海外でパスポートも取り、コレラの予防注射もした。心ウキウキで羽田から出発。韓国へ四泊五日の旅。約二時間で金浦空港へ着き、ロビーへ出てくるとのけぞる程の臭いがした。ニンニクだ。ニンニクの苦手な私はえらい所に来たなと思った。韓国人は日常的に食べるので、人の吐く息が臭うのだ。食事もその夜は焼肉で、ザル一杯載せたニンニクを焼き始めた。部屋中ニンニクの臭い。この国ではニンニク嫌いでは通用しないな。自分も臭くなればいいんだと、いっぱい食べて臭くなったら、滞在中は苦にならなかった。

旅行は「女買いツアー」が主流だった。キーセンパーティーと言い、まずお客さんの靴の中に同じ番号札を二枚入れてくれるので、一枚をお客さんは持って座敷に上がってテーブルに着く。次に女性達が入ってきて靴の中の番号札を持って同じ番号の席に付き、お互いのパートナーが決まる。お客さんが女の子を気に入らない時はチェンジ出来る。多少システムは変わるが、どの店も同じ様な事だった。キーセンパーティーも初めてで、女の子のチェンジどころか、十八歳や十九歳の女の子がお金を払えば夜のお相手もしてくれるとあって、席に着いた子で満足だった。

朝、目覚めると、下着のシャツやパンツが寝ている間に洗ってあり、何もかも新鮮だった。当時は、農協等の六十歳、七十歳の父ちゃん達の韓国ツアーも全国的に盛んだった。日本の飲み屋の高い店で四十歳前後の無愛想な女を相手するより、六十歳、七十歳の父ちゃんでも、十九歳や二十歳の若い姉ちゃんがやさしくしてくれてサービスも良いとなれば……。喜んだじいちゃん達の中には、五千円、一万円のチップを払う人がいて、後から行く客には迷惑千万だった。

再度韓国へ行った。二日目に付いた女性の事。パーティーも終わり二人でホテルへ帰り風呂も入った。「さあ今夜も楽しいぞー」と彼女の股間に触れると、うん？　また触れてみると、うん？　ない……。普通はシャリッと来るのにツルッと来たのだ。パイパンか？　韓国の女性はパイパンもいるよと聞いたが、もしかして悪い病気？　そんなことが頭をチラッと掠めると、もう手が出ず彼女に、

「あなたも毎日仕事が大変で疲れてるだろう。今晩はおじさんが休ませてあげるから。何もしなくていいから寝なさい」

　と言うと、

「いいの？」とニコッと笑って五分くらいで寝息がした。

　次の朝、

「昨日はありがとう。今日、お昼に私の家に遊びに来て欲しい」と言われた。

　女の子の部屋を見るのもいいかと付いて行った。ドアを開けた途端、六名ほど

楽しかった社員旅行、台湾にて。

の家族が笑顔で、「アンニョンハセヨー」。とんでもない所に来たなと思ったが、今さら遅い。昼のご馳走をいっぱい作ってくれた。

「良い人だから家族で歓迎したい」

という事らしかったが、私は尻がムズムズして落ち着かなかった。まあ身ぐるみ剝がされる事もなかろう。良い人どころか病気持ちだと怖いので何もしなかっただけだ。食事も美味しくいただき、家族とも片言で雑談し、思いの外楽しく過ごす事が出来た。帰りに彼女が「今晩も宜しく」と名刺をくれたが、「後で電話する」と言ってせずにその夜は他の女を呼んだ。


結婚する時先輩に、「最初が大事だから、自分の考えをガツンと言っておけよ」と言われて、私もそうした。

・朝の出掛けに「今日は何時に帰る?」と聞くな。
(男は外に出たら何が起こるか解らん)
・食事の後に「おいしかった?」と聞くな。
(おいしい以外の返事が出来るのか)
・俺の噂話が出ても気にするな。

（噂話は屁の様な事も三倍になる）

最初に話しておいた事が頭にあったらしく、小さな事にギャアギャア言わない出来た女房だった。字もうまいし、チャーシューの作り方からけんちん汁、ラー油、ハンバーグ——女房に色々教えて貰った。

ある朝食事をしていると、食卓の上にマッチ箱を立ったままポーンと放り投げて、「家で使わない物を持って歩いちゃだめだよ」

黙って中を見ると、避妊薬の「サンプーン」が二個入っていてドキッとした。

「これは会社のじいちゃんに頼まれていたのを渡し忘れたやつだわ」

女房は鼻で「フン」と笑って台所に立った。危なかったなぁー。助かった。

香港旅行に行った時のこと。まだ中国返還前でイギリス領だった啓徳《けいとく》空港に着くと、街がきれいな事、タクシーが全部ベンツだったことに驚いた。そして建築会社の社員なので工事現場に目が行く。二十階、三十階建てのビルの足場が、真竹の竹竿だった。ガイドに聞くと、「香港の足場は竹だが、木と違って多少曲がっても折れる事はないから大丈夫だ。それから香港の街は岩盤の上にあるから、基礎も割合簡単に出来ているよ」と笑った。俺達のホテルは大丈夫かと少し怖かった。

初日は仲間とマージャンをしたが、香港の牌は大きくてやりにくかった。じいちゃん社員に、「船戸君行こうか」と誘われたが、「マージャンするから」と断ると、「なんだ、若いのに行かんのか」と残念がられた。添乗員に香港は引ったくりや強盗も多いから気を付けてと聞いていたが、時計店や宝石店、高級バッグの店等、皆大男のインド人が入口に二人ずつライフル銃を持ってガードしていた。男客の二人組、三人組は店内に入れなかった。日本人客のみ男組でも入れた。外人は店に入れると強盗に早変わりするからだそうだ。

香港二日目、「今日は皆で行くか」と所長。「香港はヤバイかも知れん。警官を護衛に連れて行くか。香港の警官は半ズボンで頼りなく見えるが、ピストルは持っているからいいだろう」と、七千円払って女買いのガードマンとして警官を利用した。女性と一緒に入ったホテルの廊下で、私達が帰るまで待機してくれ、香港も楽しい旅となった。

自宅が出来て間もない頃だったか、小6の娘美花が風呂から出ても素っ裸で部屋を歩くので、

「美花ちゃん、お前のお乳少し日焼けしてるけど、お前の水着穴開いとるんじゃないか?」

と言ったら、娘が二階へダダッと上がって行った。あれっどうした？　と驚いていたら女房があきれ顔で、

「馬鹿言うんじゃないよ。真に受けた美花が自分の部屋へ水着に穴が開いているか見に行ったんだよ。もうほんとに……」


それから数年後、私に大スランプで大ピンチが訪れた。焦れば焦るほど、お客さんに結論を出す様迫る事も出来なかった。

「これ以上無理しちゃこれまでのお客さんとの関係が壊れる……」

そう思って押す事が出来ず、ぐずぐずしているうちに仕事を他社に取られる。自信喪失だった。すぐ立ち直る事が出来ず、そんなことが一年くらい続き、せっかくの自宅だったがもうこれ以上無理、もっと深みに落ちる、とやむを得ず自宅を売る事にした。自宅の土地建物は思ったより損害は少なく済んだが、一年近くの大スランプは大きく、成績の悪い時でも毎月家に二十万は入れる事になっていたし、その他に会社で時々「鉄砲」も打ったり、自分の営業経費も必要で、この頃またサラ金から借金をした。その他にも神戸の義母から、「お祝い金は家を売ったなら返してもらう約束だった」と言われてダブルパンチ。女房も本当に苦労した。

まだ家を売る前の桜にいた頃、女房が、

「お父ちゃん、雄ちゃんの部屋にこんな写真が。ベッドの下に……」

と私に見せた。女のピンク写真だった。

「だからどうした？」

「どうしたってあんた。高校生がダメでしょう」

「何がダメだ。高校生にもなってるんだ、女の裸に興味がある事は、むしろ健全だという事だ。放っておけ」

三カ月後くらいに市中走行中にトイレへ行きたくなり、競輪場南の小公園のトイレに入ると、袋に入ったビニ本が十冊くらい立てかけてあった。家へ持ち帰り雄大に渡したらドキッとした風だった。

「学校へ持ってって皆に回してやれ。お母ちゃんには内緒やぞ」

「うん」

反抗期の息子との間が少し近くなった気がして嬉しかった。


建築業界もプレハブ住宅やツーバイフォー住宅、へーベル系在来住宅、建売住宅等々、新しい形がどんどん出てきた。多種多様の会社が出てきて、我が社のような旧態の積立式の会社は苦戦する様になってきた。朝礼で林所長が、「会社も現状厳しいが、皆で頑張って乗り切ろう」と珍しく三十分も訓辞をした。熱心な所長の話もロクに頭に入ってない連中ばかりで、九時半には駅西の雀荘音羽でジャラジャラやってると、いつの間にか後ろに所長が立っていた。今までそんな事は一度も無かったので、皆心臓が止まるほど驚き固まった。

「今の今、あれだけ話したのに、君達は聞こえてないのか。自分の仕事場が無くなってもいいのか。頭を冷やしてよく考えろ！」

そう言って出て行った。

もうマージャンどころじゃなく、半チャンだけで仕事に出かけた。営業報告のため夕方五時には会社へ帰るが、この日ほど会社へ戻って所長の顔を見るのが辛かった事はない。遊び人の多い営業連中もさすがに反省しきりだった。

それから数日後、所長から一通の手紙が来た。

　船戸君、会社の状態も厳しい、だが、この住宅業界の戦国時代を我が社も勝ち抜いていく必要がある。社員の君達も家族のために、自分の仕事場を確保するために、頑張る必要があると思う。

　人生長いぞ。君も入社した頃は大きな借金を抱え気力も充実し仕事も出来たが、今は借金も少し減り俺から見ると気力が少し緩んでいる様に見える。長い人生八十年としても、今年一年だけでも死ぬ気で仕事をしてみないか。

君も今営業所の代表委員として月一回の支店会議に出ている身分だ。あとは君次第。一度考えてみてくれ。

そんな内容の手紙だった。その後の一年は成績も出て、自分も立ち直った。後で聞くと、社員全員に手紙を出したそうだ。手紙をくれた直後に、林所長は秋田支店長に栄転していった。

所長が栄転して半年後、所長の顔が見たくて一週間休みを取り東北方面を旅した。女房に「どこに行くかわからんが、毎日現在地は電話する」と言って出た。先ず福井へ行き、永平寺で座禅をし、夜駅前のスナックへ寄り、夜行の「日本海」で秋田へ向かった。途中本間邸を見たかったが朝早過ぎたので秋田へ直行し、男鹿半島を一周して秋田市内の当社の秋田支店を訪ねた。林支店長も喜んでくれて、黒の運転手付きの専用車で市内の魚市場などを案内してくれた。夜は居酒屋で一緒にきりたんぽを食べ、竿燈祭りも見て楽しい夜だった。

その後旅は十和田湖で乙女の像を見て一泊し、弘前城へ行き、仙台ではわんこそばを五十二杯食べた。伊達政宗の仙台城で日本初の鉄の灯籠も見て帰った。東北新幹線開通十日前の事だった。

林支店長は転勤の際、老母も一緒に連れて秋田に行かれたが、二年近く経ったとき老母に、「言葉もわからず友達もいない。早く一宮へ帰りたい帰りたい」と泣きつかれて、本社に「格下げでいいので、所長として一宮へ戻して欲しい」と願い出て一宮へ帰ってくる事になった。中には「チョットカッコ悪いよな」と言う社員もいたが、「お母さんのために林さんは偉いよな。俺なら無理かもしれん」と言う社員もいた。多少雑音もあったが、林所長を温かく迎える事が出来、営業所もピリッとした。

会社の隣にあった喫茶「サンマリノ」がカラオケを始めたが、自分では歌は無理と思っていたので、なかなか歌ってみる事が出来ず、何年も物まねの練習をしていた。田中角栄、東京都知事の美濃部さん、大平正芳、藤山寛美、広沢虎造、森繁久彌、色々な人の練習をした。

「羽島に『優』というカラオケ屋があるから」

「今伊勢に山水があるから」

などと仲間に紹介されて歌ってはみたが、

「声が小さい、もっと大きな声で歌え。おばばの小便じゃねえんだ、バーンと歌えバーンと」

どっと皆に笑われたりした。自分だってバーンと歌いたいけど、大声で歌ったら伴奏が聞こえないから大声を出せない。伴奏に合わせなきゃ合わせなきゃと思うから、余計声もビビッて小さくなる。

「船ちゃん、金もらって歌うんじゃないんだわ。金払って歌うんだよ。間違ったっていいい、好きな様に歌え」

とか色々言われた。あんな奴やこんな奴があれだけ歌えるのに……。俺も練習したら何とかならんかなと、尾西や木曽川方面へ行くと、堤防へ行って思い切り大声で歌ってみたが、悲しい事に伴奏が無いので音楽に合っているかどうか不安だった。

ある時、メロディーだけ摑んだら伴奏を気にせず自分のペースで歌えば何とかなることに気付いて、歌の真ん中はグチャグチャでも、頭と尻尾が合う様になり、嬉しくてあちこちの店で歌いまくった。

そんな頃、喫茶「サンマリノ」のマスターから、「船ちゃん、今日稲荷公園で神山の盆踊りの合間にカラオケ大会があるから出ろよ」と言われて出た。思いもよらず三位入賞のアルバムをもらった。おまけの様な賞だったが、嬉しくてその後各地のカラオケ大会にも参加する様になった。お盆の夏祭りカラオケ大会で、浅井町《あざいちょう》の大会の予選会に参加し、同じ日に一宮の予選会にも出た。本選は浅井町の方を欠席し、一宮の方へ出た。結果は四位だった。

「船ちゃん、今日あんた浅井へ出なんで良かったぞ」

「何で？」

「浅井でな、審査発表の時、司会者がファンファーレの後『本日の優勝者は〇〇さんでーす。おめでとうございまーす。〇〇さーん、〇〇さーん』と三回呼んでも舞台に上がって来ない。シーンとした会場の中、三回目を呼び上げた後、『今日、その人出てないよ〜』と大きな声があって、会場がどよめきチョットした騒ぎになったわ。あんないいかげんな大会に出んで良かったよ」

会社主催とか、商店街主催とか、町内会主催とか、色々な紐付きの大会では、主催に都合のいい人を入賞させる事がよくあったのだ。

「カラオケ仲間が馬鹿にされてちゃ許せん。自分達で紐の付かない正当なカラオケ大会を立ち上げよう」

と決め、奥村さん前原さんを誘い、尾張と美濃と合同で「濃尾カラオケ大会」を開催することに決めた。

「大会に重みを付けるのに、レコード会社の後援が欲しいな」

という話は出ても、誰もレコード会社に知人などいない。

「よし俺が行って来るわ」

と資料を色々作り、クラウンレコードの名古屋支店へ。波良支店長に面会すると、

「個人的に立ち上げたカラオケ大会に、会社が後援するなどとても無理。いいかげん

な大会も多いからな」

と、けんもほろろ。それでも資料を見せ、システムも熱心に説明し、クラウンレコードの後援がどうしてもほしいと粘りに粘ると、

「後援は無理だが、協賛なら」

と折れてくれて、やれやれ格好がついた。クラウンレコードのグッズを賞品に使えたし、他支店からもグッズをいただいた。そして、第一回「濃尾カラオケ大会」を一宮勤労福祉会館で華やかに開催することが出来た。以後、これがカラオケ大会の雛形の一つになったのだった。

「格付けUPに、何とか新聞社の後援が欲しいなあ」

そんな話が仲間から出ると、別の仲間が、

「俺、〇〇新聞知ってるから、聞いてみようか」

と言ってくれたが、私はそれを断り、

「それはいらん。〇〇は小さなトロフィー三本と賞状三枚くれるがいらん。俺はもっと大きな後援が欲しい。名古屋へ進出して間もない読売新聞しかないだろう。俺が交渉に行って来る」

今度は、資料をいっぱい手にして読売新聞中部本社を訪問すると、「当社は致しておりません」と門前払い。二週間後も門前払い。三回目に訪問すると中から、

「何回断っても誰が来るんだ？」

と、中年男性が出て来た。名刺と資料を渡すと、

「何、先着三百名にタオル、高さ九十㎝のトロフィーを二十六本、賞品五千円くらいのもの二十六本、Ｂ２ポスターを読売で印刷だと。これだけ作ったら随分金も掛かるが、読売はプラスがあるのか？」

「はい、この大会は予選に通らないと本大会に出られませんが、読売を半年、または一年取ってくれた人には、読売推薦で毎回十名出られる様にします」

「たかがカラオケ大会に出るぐらいで、本当に新聞取ってくれるかね？」

「五名しか取ってくれる人がいなかったら、私が責任持って五部新聞取りますから」

「そこまで言うなら、一度会議に諮《はか》ってみよう」

となって四回目、五回目と通い、ついにＯＫとなった。その後十年間、約束通り後援して戴いた。

ある日林所長が、

「船戸君、福井支店から連絡があって、金沢医科大学の先生が一宮市で開業したいそうだから、君担当してくれないか」

と話があった。先ず先生の勤める病院へＴＥＬして希望を聞いた。

「名岐バイパスより東で、土地は五百坪ほしい。金が無くて買えないので、借地で探して欲しい。場所的にわかりやすい所で、出来れば中学や高校の沢山ある所がいい」

「先生わかりました。当たってみます」

と電話を切った。「先生の言う様な都合のいい場所は、簡単にはいかんぞ」と思いつつ不動産屋を回ったが、案の定それらしき土地は無かった。一カ月が過ぎて、

「待てよ、俺が工事をさせてもらったカラオケ喫茶『舞』さんの北側に空き地があったぞ」

と思い出し、調べてみると五百坪くらいあった。ただ地主が六名もいた。学校もすぐ東に小学校、近くに大成高校、南高、一宮工業もあった。場所はいいと思ったので先生にお伺いしてみようと土地の図面他資料を送ると、「良さそうだから現地を見たい」と連絡があった。後日、現地に案内し、カラオケ喫茶「舞」の佐藤さんも紹介した。先生は「この土地でOK」ということだったので、これから交渉しましょうとなった。地元の佐藤さんを通じて、六名の地主を「舞」さんの二階の部屋へ集めて説明会を開催した。当日は食事の手配、茶菓子、会場作り、資料の準備と一人で大忙しだった。一人難しい地主さんがいたので、

「土地は売るのでなく貸すのなら、先祖からの土地を失う事もないし、地代も毎月入る。年間実収はダイコンやホウレン草を作っているよりいいと思いますよ。借り手も

腕のいいお医者さんだし、安心出来ると思います」

と必死に説得し、その地主も三回目の説明会でＯＫを出してくれた。四回目の会合には先生も出席し、土地の賃貸契約が成立した。やれやれだ。その後、毎週水曜日、先生が金沢から福井の病院へ手術に来るのに合わせて各種打ち合わせを行った。国道8号線を走って随分通った。

そんなある日、尾張レコード組合の組合長の井上さんが会社に訪ねてきた。初対面だった。

「船戸さん、あんた達カラオケ大会もよくやってるみたいだから、演歌歌手のキャンペーンに協力してくれないか」

私も好きな事だったので協力を約束した。これが西春の文化堂さんとの付き合い始めで、以後数知れずキャンペーン他、協力関係を持つ事になった。

金沢医科大の山本先生の病院だが、概算見積りも出て、資金のローン交渉が一信と始まった。ところが大問題が発生し行き詰まった。二億五千万が必要だったが、先生の担保力が不足していることが判明したのだ。支店からも、「この話は無理かも」と聞こえてきた。

「俺に考えがある。最後の勝負をしてみる。それで駄目なら諦める」

そう宣言して、一番大きい土地の地主（二百坪以上）に会い、

「佐藤さん、今先生は担保不足で行き詰まっています、誠に勝手な話ですが、佐藤さんの土地を、病院を作るための担保に入れさせてもらえないでしょうか。駄目ならすべて白紙にしますので一度考えていただけませんか」

とお願いすると即答で、

「船戸君いいよ。君もよくやってくれているし、あの先生なら若いし頑張れそうだもんな」

天にも昇る心地で会社に報告すると、「本当にそんな事ＯＫしてくれたのか？」とビックリされた。二カ月後、着工寸前に「見積りが会社の規定と合わないから、下請けの名工建設が工事をする事になったと聞き、

「誰が決めたんだ！」と憤った。

名古屋支店で決定したと聞き、顔が引きつるのがわかった。

「もうだめ。この会社には見切りを付けた。名古屋支店に明日乗り込むぞ」

名古屋支店長といえば天皇的な扱いだったが、退社となれば只のおっさんだ。当日営業所にも寄らず、直接名古屋支店に十時頃行き、支店長室にいきなり入って、

「支店長、私の山本先生の件、どういう事ですか？」

「まあまあ座って。名古屋支店の見積りではどうしても無理だったから、下請けの○○建設にやらせる事になった。やむを得ん事だ。了解してくれ」

「ハアッ？　お前何言っとるんだ。仕事を取って来たのは営業の俺だろう、その営業に一言の話もなく、他社に仕事を流すとはどういう事だ。社員も会社も利益はないが、お前ら支店の幹部は、下請けからバックマージンがいっぱい入るってか。バカヤロー、お前ら横領だ。許せん！　本社へ行って来る」

「船戸君、本社へ行くって、そんな事して只で済むと思うか？」

「バカヤロー、只じゃ済まないのはお前達だろう。仕事を取るまでの経費はすべて俺の自腹だよ。いくら使ったと思っているんだよ！」

　そして、黙ったままの支店長に、

「もういい！　俺も会社を辞める心積りでここへ来たんだ。あんたが一番解決しやすい方法を提案するよ。地元の地主に声を掛けてくれたカラオケ喫茶『舞』さんの佐藤さんに百万円、俺に実費として二百万払う事。それで本社へは行かずに済ませてやる。期限は十日待ってやる。返事が無ければ本社に行って来る。解ったか！」

　と大声で言って帰ったが、支店長は黙ったままだった。

その僅か二日後、林所長から、「船戸君の希望通り話が付いたから」と聞かされた。

所長には本当に迷惑をお掛けして申し訳なかった。会社の幹部もアホばかりで、度胸もなしで、先行投資する気もなく嫌気がさし始めていた時、女房が言ってくれた。

「お父ちゃん、子供達も大きくなったし、自分のやりたい事やったら」

以前、「カラオケ喫茶でもやるか」と笑ったことがあったが、そうだそうしよう。

本当にそうするか？

第四部　実年期Ⅱ（四十九歳～八十四歳）

◆カラオケ喫茶「夢」

◆イベント

昭和六十三年（一九八八年）の年末に大手住宅メーカーを退社したが、新年は静かな年明けだった。療養中の今上天皇が亡くなり、元号も平成となった。何事も心機一転、俺も頑張るぞ。

カラオケ喫茶を始めるといっても、資金的なことが心配だった。今まで遊びに行っていただけだったけれど、開店にはどれくらい資金が必要なのか？　ここの店はとても無理だなとか、自分が経営するという視点であの店この店と改めて見て回った。そんな風に、出来るだけお金を使わず店を作る方法はないものかと見て回っている時、羽島の島ちゃんが、

「羽島のお店を閉めて、笠松に大きい店を出すことにしたから船ちゃん見に来てね」

という話があり、開店の日に早速見に行った。外観は倉庫作りだった。外装はスレートのままで、玄関だけ少し手が入れてあった。中は広かった。床は平面でコンクリート打ちっ放し。天井はプラスター張り。舞台は喫茶店の古テーブルを並べて、その上にコンパネを載せ、表面にGGカーペットが貼ってあるだけ。壁は針金を張り渡し、一m二〇㎝幅のロール巻きの布地を引っ掛けてあるだけだった。

「ウン、これなら自分も出来るやもしれん」

ちょっと元気が出た。

倉庫探しを始めたが、倉庫だけでは駄目で駐車場も欲しかった。しかしそんな条件

の場所がなかなか見つからなかった。丹陽町を走っている時、新しい道路沿いに倉庫の貸物件を見付けて見に行った。建坪四十坪で賃料は十四万円。南側の土地は別地主で、八十坪程駐車場に借りたくて聞いてみると、九万五千円だった。

「ウワー、合計二十三万五千円か」

と思ったが借りると決め、準備開始。図面を作ってとみえ姉の夫の奥山さんに見せて、二百万円だったと思うが、「金はこれだけしかないんで、出来るところまででいいから作って」と依頼して進行。「船ちゃんが店作るなら」と、稲沢の前田さんが一本二十万円もする高級ドアを五本提供してくれ、工事も無料で協力してくれた。また舞台のベルベット製の大カーテンは縫製業の伊藤宗一さんが、二十九インチのテレビ台とマイク台を鉄工所勤務だった荒武さんが、照明器具は浅井の石井照明さんが、電気工事は江南の和気さんが、大型看板は尾西の伊藤大船さんが、看板の鉄骨部分は千秋の大島さんが、壁は知人で江南の長屋さんに依頼してB反だがロール巻きカーテン（五十m）を一本五千円で買い、タックを取ってホッチキスで止めて仕上げた。文化堂の井上さん、千秋の伊藤正司君、夜遅くまでありがとう。多くの仲間達に助けられて、あと少しで完成——かと思いきや、イス、テーブルがまだない。椅子はメーカーにお願いした。テーブルは買えないので脚だけ買う事にし、義兄が作ってくれた天板を載せて椅子職人の人に取り付けして戴いた。椅子の高さに義兄がベニヤを張ってくれたので厚手の布地を巻き、上に座布団を置くことにした。音響は近ちゃんに協力してもらった。

店が完成間近になった頃、女房に聞かれた。

「父ちゃん、あんた一日も喫茶店に勤めた事もないのにコーヒー出せるの？　大丈夫？」

「大丈夫だよ、コーヒー屋のワルツに開店時のヘルプを頼んだから。普通は二人ずつ三日間出してくれるところ、うちは全員素人だから五日間出してくれるから」

店名も決めた。「うなぎを食いたいなー」も夢、「海外へ行きたいなー」も夢、「コンビニのかわいい女の子とコーヒーだけでも飲みたいなー」も夢――いつも夢を持って生きたいのでカラオケ喫茶「夢」にした。

開店は三月二十二日。朝九時から夜十一時までとし、休日なし。貸切も行うと発表すると、歌仲間や業者等からも色々なアドバイスが入ってきた。

・朝九時から開けても無理だろう、誰も来ないよ。
・貸切なんかにしたら、探してやっと店に来たという人に対して、「本日貸切です」じゃ駄目だろう。だから他店じゃ貸切は一切やらないよ。
・朝九時は早過ぎるだろう、普通午後からだよ。

等々。意見はいろいろだが席数も多く、経費もかかるので、貸切を入れて売上げUPし、朝の九時から昼の十二時に営業している店が無いからこそ開けると決めた。その他、東京から来る歌手のキャンペーンや春秋の旅行会、カラオケ大会、発表会等々少しずつやっていくぞ。現金は無いが、元気だけはチョットあるのが俺の取柄だ。やるしかない、頑張るぞ～。

開店時、スタッフは私と由美ちゃん、まゆみちゃんの三名。素人ばかりの為、練習も兼ねて開店一週間前の二日間、昼・夜とカラオケ仲間を無料招待した。チラシに大金使うより効果があると信じて実施。開店前下見会に招待した八十数名の方達が口コミでPRしてくれて、満員御礼を当分続ける事が出来た。

開店後暫くして、カラオケ大会のスポンサーをお願いしていた越野社長が来て、

「開店御目出とう。船ちゃん、店の休みは何日だ？」

「うん、未だ様子見もあって、当分休みは作らない予定です」

「そうか、それならいいけど、サービス業の人間が休みが欲しいと思うなら最初からやらない方がいい。日曜、祭日、盆、正月、皆の休んでいる時に仕事をするのがサービス業で、他人の休んでいる時に店を開けるのがサービスだよ。余分な事だったかもしれんが頭の隅に置いて頑張ってくれ」

ありがたい言葉だった。

「尾濃カラオケ大会」を始める時に、しがらみの無い紐付きじゃない大会にしようと誓った筈なのに、スタッフの中から、

「神山先生に頼まれたんだけど、予選テープ三本だけ通して欲しいそうだ」

「駄目だろう、不正はしない筈で始めた大会だろう、話を聞いた以上三本とも予選落とすよ。仮に歌が上手くても一本でも通したら、神山先生は通った人に『俺が君だけ通して欲しいと頼んでおいたから』と吹聴するぞ。スタッフ一同一生懸命頑張っても、いっぺんに信用失くするぞ。神山先生から問い合わせがあったら私が答えるから大丈夫」


さらに一年後には、「カラオケ大会のプログラムに広告を二万円分乗せるから、予選テープ二本通して」と、あるカラオケ喫茶から預かってきたスタッフがいた。何回同じことを言わせるんだ。「予選テープを通さないともらえない広告なら返してきて」と断った。

テープ予選の結果について、

「あんな下手な人が通って、○○さんが落ちたってどういう事？」

と先生に問い合わせると、

「テープ審査で落とした○○さんは確かに歌は上手い、しかしスナックで録音してい

て、拍手が入るわ、口笛ピーピー、話し声ザワザワで、テープ予選くらいこれで充分だろうという思いで出してきているのが私は許せなかった、少なくとも審査に出すテープだから真面目に出して欲しい。又合格した人の中には歌はもう一つかなと思う人もいると思う。ただテープを聴いてこの人はいっぱい練習して何回も何回も録音し直して、やっとここまで仕上げたんだろうなと感じた。こういう人を本大会に出したくて合格にしたよ、又周りから上手い、上手いと言われて出してきたテープが、確かに歌は上手いが出だしからメロディーが少し違う。これだけ歌える人だから直す気があればすぐ直せる筈。それもせずに合格に決まっていると思い込んでいる様なのは不合格にした。そういう人は何人かいるよ」

先生の説明に納得したので先生の審査通り発表すると、案の定ブーイングも起きたが、先生の審査だからと押し切った。

本大会の審査は東京から一流の作曲家や作詞家の先生をお呼びし、地元の先生方四名〜五名と一緒に審査していただいた。地元の先生方はレッスン中の生徒も多数いることから、最高点と最低点をカットし、東京の先生は顔見知りの参加者がいないのですべて合計点に入れて計算した。これによりだいたい予想に近い結果になった。それでも不満分子はいた。「納得出来ない人は大会会長の私に聞いてくれ」と公言してあったが、私に直接「審査が気に入らん」と言ってくる人まではいなかった。地元の先生も大事な自分の生徒に賞を取ってほしいと思っても、システム上出来なかった。にもかかわらずいつも快く協力して戴いた。

カラオケ喫茶「夢」では、次々とイベントを増やしていった。春はいちご狩り。春のいちご狩りはどこへ行こうか最初迷ったが、東海道方面は昔から石垣いちご園が多く、砂が付いたり虫がいるから嫌と言う人がいたので、水耕栽培が多い長野方面へ行こうと決めた。伊那の「みはらしファーム」へいつも行った。JA伊那の経営で、何十棟ものビニールハウスを持ち、お客さんをメチャクチャ多く入れるという様な事もなく、真っ赤ないちごもいっぱいあり、いつも楽しくいちご狩りが出来た。又会場内に野菜、果実等の産直市場やパン工房、温泉施設もあり、一日楽しめる所だった。

「尾濃カラオケ大会」も第三回はゲストに伍代夏子さんを迎え、会場も一宮市民会館で開催した。ただ経費倒れの大会になってしまった。市民会館はキャパ一千六百席で会場費二十万。高いなと思っていたらとんでもない。基本料金だけで二十万で、その他A4の紙にビッシリと三枚の紙に、平板、箱馬、人形、司会台、楽屋九部屋分などの経費が書かれていて、総額五十三万円。それに会が一時間遅れて会場費の追加分の他、掃除のおばさん十八名分の時給まで支払う事になってしまった。しかし赤字で余裕はなく、ゲスト歌手や審査員の先生方に待ってもらう事は出来ないので、プログラムや申込書、ポスターを依頼した印刷屋さんや、知人のＰＡ関係などに頭を下げまくって待ってもらい、半年かかって支払った。会の採算的には大変だったが、ゲストの伍代夏子さんは売り出し中の美人歌手で、デビュー曲の時も当地で二日間キャンペーン回りをしたりして人気もあったし、会場も大会場で皆気分よく歌う事も出来たし、外面的には大成功だった、

伍代夏子さんは、数年後ＮＨＫ紅白歌合戦の出場が決まると、

「日本中で一番、尾張地方のファンにお世話になったので、紅白に出る前に無償で歌います」

と、西春の文化堂さんを通じて話があり、文化堂さんの駐車場に特設会場を作ってリサイタルをしてくれた。超満員、ギシギシのファンで大盛り上がりだった。伍代夏子さんの「初心忘れず」――そんな気持ちが杉さまの奥様として今も活躍出来ている原動力なのかな？

紅白出場が決まってから再び一宮へ来てくれたゲスト歌手に長保有紀さんがいる。文化堂さんが、

「船ちゃん、ギャラはいくらでもいいから来さしてもらいますと言っとるが、どうする？」

「やりますよ、喜んで。十万円しか払えんけどお願いします」

こんな風に、紅白に出る人がゲストに来てくれて、カラオケの仲間達もとても喜んでくれた。

カラオケ喫茶「夢」の開店を心配してくれていた次姉のとみえ姉さんが、店の開店後二カ月ほどで亡くなり、大ショックだった。二回店に来て歌ってくれたが、小林幸子の歌が好きだった。旦那には恵まれて、義兄の正年氏には愛されて幸せだったと思う。店もカラオケ大会や春秋の旅行会、発表会、キャンペーンと各種イベントも多くなり、顧客名簿も千八百名程あるし、一回市議会議員選挙に出るのも面白いかも知れん、どうせ選挙もイベントだ、他の人と同じ運動はやらんぞ、負ける気はせんけどな～と、チラチラ考え始めた頃に木曽川の笹岡家に養子にいった久夫兄貴が来て、

「俺、木曽川の町議会議員に立候補するで応援してくれ」

「うん、いいけど、店は一宮市の南の端で木曽川町は北の端で、木曽川の人の名簿は少ししかないけど応援はするよ」

兄貴が出ると俺も出る事は無理かなと思って諦めたが、借金に追われて選挙用に必要な供託金の都合が出来なかったのが一番の理由だった。

その兄貴も町内の有力者達に、「笹岡さんが出ると、今町内に二名の現職がいるので共倒れになる危険があるから立候補を取り止めて欲しい」と要請があったらしい。

しかし兄は、「町内に迷惑を掛けないから出させて戴く」と言って出馬した。町内推薦も貰えず、町内の公民館も使わせて貰えず、初選挙は大変苦労した。結果はラストから二番目で初当選し、万々歳だ。厳しい町内の目がある中応援してくれた町内の有志の皆さんに、特に厚い支援をくれた野球部時代の仲間の皆さんに感謝感謝ありがとうありがとうしかなかったと思う。

二回目の選挙は自分の後援会長が立候補し危なかった。木曽川町が一宮市と合併した時は、選挙になると木曽川町から四名しか当選出来なくなったが、そんな中木曽川町議現職十二名が立候補した。自宅の一軒置いて隣も立候補をした。それでも久夫兄貴は当選して、木曽川町議、一宮市議会議員を都合五期、一回も落選しないで勤め上げた。旭日双光章という叙勲も受け退職。店の開店時にも兄弟達に根回しして花を出し祝い金も集めてくれたり、歌手のキャンペーンなどでも本当に協力し助けてくれた。今は野菜作りしながらのんびりの生活だ。

愛知県下のカラオケ店三十店舗で組織される中部音楽協議会（通称：中音協）は、カラオケの業界紙「マイク」の一ページを専用に使い、中音協カラオケ大会のＰＲを行っていた。カラオケ店はカラオケ大会に協力できる店を各地から三十店選出した。大会は年四回行い、六回終わったところで、入賞者によるチャンピオン大会を実施する。レコード会社十六社は「マイク」一ページの年間買取料プラス、「マイク」の社長加藤さんの手数料として各社五万円の会費を支払う。カラオケ店は一万円の会費で、「マイク」二十部付き。ゲストはレコード会社の責任で入れる事になっていた。

第一回のゲストは、中音協設立の発案者でクラウンレコードの波良支店長が骨を折り、鳥羽一郎さんを出してくれた。紅白に出ている様な人がカラオケ大会のゲストなどあり得ないことだった。当時鳥羽さんは一日営業でギャラ五百万くらいだったが、中音協の経費五万円で出演してくれた。それ以後も各社バリバリメジャーの歌手が参加してくれた。

中音協のカラオケ大会に出る参加者のメリットの一つは、入賞者には必ずレコード会社の社名入りのトロフィーが貰える事だった。日本中社名の入ったトロフィーを出せるのは中音協しかなく、私達の自慢だった。

中音協も発足十年が過ぎた頃、加藤さんからお世話が大変になったから辞めたいと申し出があった。後を引き受ける人がなかなかいなかった。業界紙を作らなければならないのがネックだった。結局私が受ける事になった。月一回発行の業界紙といえど、自分には全く未知の世界だった。悪い癖で「何とかなるだろう」だった。配達までは無理だったので、全部宅配便で送った。カメラを持って発表会、キャンペーン、旅行会、店のカラオケ大会へ。取材も随分勉強になった。

女房が病気になってで店を閉めるまで、中音協も加藤さんが十年、私が十五年の計二十五年続いた。この頃女房に言われた。

「お父ちゃん、普通人生山あり谷ありって言うじゃない。あんた谷ばっかりだがね。どうするの本当に」

「お前はだめだな～。家は貧乏だからいいんだよ。貧乏だから楽しい事がいっぱいあるんだよ。いいか東京の超金持ち連中なんか可哀想だぞ。お金が増える度に嬉しい事が一つずつ無くなるんだ。車？　もういらん。ベンツ、ＢＭＷ、フェラーリ、カマロ七台もある。海外旅行？　三日前に帰ったばかりでもう行きたい所も無い。すし？銀座の「二郎」も食い飽きた。女？　もういらん――。俺達は貧乏人のお陰で、『母ちゃん明日久しぶりにうなぎ屋へ行こうか』――それだけでチョット嬉しいだろう。貧乏人のお陰で右見ても左見ても嬉しい事がいっぱいあるんだよ。夢があるだろう」

「あほらしい。夢が無くてもいい。金があった方が……」

と言うと立って行ってしまった。


店を開店する時、テーブルを買うお金が助かるのでゲーム機を入れようと二台入れた。最初はゲームをする人が少なかったが、だんだんとゲームをする人が増えた。カウンターに百円玉を千円ずつ二万円分並べて置くと、お客さんが自分で両替してゲームをした。点数によって店で使えるコーヒーチケットを渡した。売上げも一気に増えてきて、ゲーム機屋さんが月に百万円くらい店に置いていく事もあった。そんないい時は二年くらい続いて、借金を払いながら店の口座には三百万円くらいの残高もあった。しかしゲーム機ブームが去ると売上げも落ち、あっという間に口座の残高も底が見えてきた。店の女の子も開店時に手伝ってくれたまゆみちゃんが退店し、女房の紹介でまなみちゃん（二十二歳）が入り、ゆみちゃん（二十歳）と自分とで三人体制だったが、二人の給与と家賃、駐車場、電気代等々、店が大きかったので維持費が大きく赤字の月が多くなった。

何か方法はないか。そうか前から一度やってみたかったクルージングをやれないかな。早速会社に電話してパンフレットを取り寄せた。名古屋港から苫小牧のフェリー「いしかり」の一日借り代は四百五十万円。高けえなと思いつつ、名古屋港の太平洋フェリー事務所を訪ねてみた。話をしてみると、「個人の方にお貸しするのは無理ですねー」と断られた。

「だけど、あんたんところも船をここに停泊して置くだけで一日何十万も払うんだろう？　少しでも貸した方がいいんじゃないか？　どうしたら貸してくれる？」

「当社も貸さないわけじゃないんです。大手の旅行社さんを通じてくれませんか。そうすればお貸ししますよ」

「わかったわかった。訳の分からんじいさんが来て、俺に一日貸してと言われても金が取れんかったら大変だからな。東急観光を通して申込するわ」

後日、東急観光の社員と来訪し交渉。

「船戸さん、初めて使って下さるので大サービスで五十万円値引きします」

「そうか？　私の思いとは差があるなぁー」

「船戸さんはどのくらいの金額をお考えですか？」

「俺は二百万円なら考えようかなと思っている」

「とてもとても、そんな無茶な話は会社に出来ませんので」

「そうか」

と言いつつ雑談を四十分ほどして、

「太平洋フェリーさん、二百万円でフェリーを借りられたら、お客さんを連れて伊勢湾クルージングをやってもいいかなと思っているんだが、無理なら他のイベントを考えているので。貴社も名古屋港に停泊するだけで大金払っている筈だ。少しくらい安くても船を動かした方がいいだろう？　どうだ。帰って会社の上司に話してみてくれ。無理にとは言わん。駄目なら他のイベントを考えるから」

「わかりました」

と営業マンが帰り、二週間後、再来すると上司が、

「船戸さん、黙ってあと一割出してくれませんか？」

「二十万円って事か。つまり計二百二十万でＯＫですか。わかりました。それで手を打ちましょう。ありがとう。よぉし、目いっぱい頑張ります」

次はバスだなぁー。カラオケのお客さんは年配者が多いので、クルージングをするから車か電車で名古屋港へ行ってねと言っても無理だろう。各地へバスを配車して集客しようと考え、東急鯱バスの髙橋君に来て貰って話を聞くと、一日十二万円だと言う。

「バスガイドはいらん、名古屋港までだ、すぐ終わるだろう。一日六万円にして」

少し苦情を言われたが、結局ＯＫしてくれた。

今度は東海ラジオか。問い合わせると、六十分で電波料と製作費で百六十万円程だという。

「百六十万円というが、それはあんたの方の希望価格だろう。俺の希望価格はチョット違うなぁ」

「船戸さんはいくらくらいを考えてみえますか？」

「店が計画するには百万円以下じゃないと難しいんだ。何とか考えてみてくれないか？」

「上司と相談してきます」

と言って、その日は帰っていったが、最終的に九十五万円で合意した。

船内レストランでは二百名収容が限度なので、食事は乗船時に弁当を渡して船内の好きな場所で食べられる様に計画した。東京からテイチクの新人美貴じゅん子さん、関西の渡辺要さん、地方から仲代勝さん、樋口三紗さん、堀田利夫さん、有希幸子さん他十五名の歌手による船内劇場での歌謡ショーをはじめ、屋上デッキで池とも子フラダンスチームによるショー、船内ロビー等では「占い」「似顔絵」「ジャグリング」「ドレスの即売会」「大阪のニューハーフショー」等を開催し、お客さんを飽きさせない工夫をした。

ゲストを決め、ポスターや申込書も目途が立ち、船会社、東急鯱バス、東海ラジオ等と仮契約を完了した。ポスターを持ってカラオケ教室やカラオケ喫茶を回り始めると、

「計画としては面白いと思うし、参加する人もあると思うが、何しろ船がデカ過ぎるだろう。百人や二百人しか集まらなかったらどうする?。ベラボウな赤字になるだろう。本当に大丈夫か?」

色々な人が心配してくれた。その都度、「イベントはやってみなわからん」と言って笑ったが、私個人としては希望的成算を秘めていた。身の丈以上のイベントを打って大赤字を出すわけにはいかないので、先ず集客するのに地元の歌手に、バス一台（五十名）参加者を協力してもらうことにした。どうしたら自分の後援会から五十名集め

てでも参加してくれるだろうと考え、地元歌手は普通二、三万～五万円くらいのギャラだが思い切って十万円出し、ＣＢＣや東海ラジオなどの放送局は地元歌手をなかなか出演させてくれないので、私が一時間番組を作って出演してもらうことにした。この条件で地元歌手二十三、四名と交渉し、五十名集客条件ＯＫした十四名を決定しポスターを製作した。歌手の方でバス一台（五十名）が十四台で、七百名、その他協力カラオケ店や自店の夢も集客し八百名目標にしたが、九百六十名参加となり、第一回は大成功する事が出来た。

カラオケファンが喜んでくれる様に、東京からゲスト歌手も呼んだ。第二回は加納ひろしさんと川野夏美さん。第三回は成世昌平さんがゲストだった。第三回の時は地元の森岡しげゆきさんがバス五台分集客してくれたので大変な事になった。船会社に今回はお客さんが多いから大変だと言うと、

「何名ですか？」

「千百四十名だよ」

「駄目、駄目、絶対駄目だよ、定員は八百五十三名だから、それ以上は無理」

「だけどさあ、お金もらってあるのに、あんたはいいけどあなたは駄目って言えないよな」

「何と言われても駄目です」

「そうかやむを得んな。わかりました。減らします」

会社にはそう言ったが、第一回、第二回とも貸切なので、乗船時に船会社が乗客のカウントをしていない事を知っていたので、乗船者名簿を定員にして出して、千百四十名全員を乗せた。船内も劇場も大混雑した。森岡しげゆきさんや乗客の皆さんに迷惑をかけ申し訳なく思っている。

中国へカラオケ旅行に行こうという計画もした。「上海蘇州三泊四日の旅」だ。当時長江の上流で大規模な洪水があった。日中友好の為募金活動をしよう、という事で、上海の大学の日本語学科の学生十名をディナー&カラオケに招待して、私達一行は舞台で歌う前に募金箱にお金を入れて募金した。募金箱を持って行けないから中国の方で作っておいて欲しいと連絡してあったのだが、真っ赤で立派な箱だった。日本から参加の旅行者は四十人だったが、あまりにも少額の募金となっては恥ずかしいと思い、私が一番先に歌う事にして、一万円札を見せながら募金箱に入れてみせると、後に続いて歌う人達が百円玉など入れにくくなり、募金が結構集まった。七万三千円になった。日本の旅行者がそんな募金をしてくれるなら上海赤十字の会長が受け取りに来ないと失礼だからと会長が来てくれて、又赤十字の会長が来るならテレビで放映しなきゃと、上海テレビが収録に来て会場は大盛り上がり。各テーブルに一人ずつ配置した大学日本語学科の学生達も、日本のおばちゃんやおじさん達とカタコトの日本語で会話も出来て楽しかったと喜んでくれた。

旅行記念に桜を植えたいので、太さ一握り、高さ二m五十㎝くらいの桜の若木を現地で十本用意してほしい、穴も掘っておいてとお願いした。錫恵公園に植える時にはサイズぴったりの若木が揃えられていて安心した。太さが中指程度の苗だと、手伝ってくれた職員達が旅の一行が帰ったらすぐ抜いて自転車で自宅に持ち帰って植える事になりそうだから、自転車に乗らない大きさの桜を用意してほしいとお願いしておいてよかった。桜を植えるのに、「せっかく植えても川沿いだと河川改修のため切りましたじゃたまらんから、国立公園の中に植えたいから許可を取っておいて」と頼んだら、「国立公園の中はだめと言われました」という返事。

「君はアホか。何のために上海に駐在してるんだ。相手は中国人だぞ。日本人なら箱の下だけど、万頭の月餅でも買って、三千円でいいから封筒に入れて月餅の箱の上にのせて、『所長さんのお力で何とか』と、もう一度行って来い」

と言ってやった。数日後、「すぐOKになりました」と返事。

そんなもんだバカヤロー。

二年後には北京へ行った。天安門や故宮も、広大な敷地の表門から裏門へ抜けるまで全て見た。かつてあった歴代王朝の宝物は、蔣介石が台湾へ逃げる際、七千の木箱に入れて持って行ったので、故宮は建物だけだが、スケールの違う素晴らしさだった。天壇と万里の長城でも、「男坂の方が景色がいいよ」とガイドに言われると、年寄りが多いのに景色の良い方に行こうと急坂の方を登った。所々手で摑まって登る所もあったが、なんとか全員登り切った。天安門広場にある毛沢東記念館ではガイドが、

「日本人観光客なんか誰も行かないよ」

「だから余計見たいよ」

朝六時半にホテルを出て七時前に毛沢東記念館前に行くと、入場希望者が四列に並んで一㎞以上の長さだった。日本人が天皇陵へお詣りする様な事かな。入口まで来ると、チェックは厳しかった。カメラ、8ミリ類は入口で預け、皆花を買

中国へのカラオケツアー。

って入場し進んでいくと、二、三m程前に毛沢東が軍服姿でガラスケースに上向きで寝ていた。手を合わせてからお顔を観させてもらったが、今にも目を開きそうで保存技術のすばらしさに見入った。

北京にも桜を植えたかったが、冬の北京はマイナス二十度にもなることがあり、木にヒビ割れが出来て桜は無理ということだった。それで現地の人が薦めてくれた木を、万里の長城近く、海部俊樹元首相の「中日友好の森」の碑がある森に記念植樹した。その頃中国の街中をバスで走ると、カタカナで「カラオケ」と書いた店が目立った。「カラオケ」と書いてある店でも、歌詞が中国語や韓国語しかない店があり、気を付けないと歌えなかった。

万里の長城も歩いてみると思ったより幅も広く（四、五mくらい）、高さも凄かった。こんな建造物を六千四百㎞も造るなんて、また、皇帝が何代にもわたたって完成させるなんて、中国という国もさすが大国だ。

カラオケ「夢」では、歌手のキャンペーンも随分やらせてもらった。高山厳、加門亮、原田悠里、長保有紀、北山たけし、田端義夫、水森かおり、一節太郎、島津亜矢、松島アキラ、石原詢子、市川由紀乃、三山ひろし、美樹克彦、北原ミレイ、夏川りみ、宮路オサム、渥美二郎、青江三奈、伍代夏子、岩本公水以上の他、百三十名くらいのメジャー歌手が来店してくれた。毎回五十名〜百二十名のカラオケファンで賑わった。夜のキャンペーンは、夜七時〜八時、移動し八時半〜九時半、移動し十時〜十一時。一時間ずつカラオケ店を三軒回るのが基本形だった。どの店もお客さんに夕食後に店に来てもらえる八時半からのキャンペーンを希望したので、七時からと十時からの店を決めるのが大変だった。キャンペーン先を私が決めているので、集客の難しい夜十時からを自分の店「夢」で全部引き受けて文化堂に報告した。

数多く行ったキャンペーンのお手伝いだが、中には辛いキャンペーンもあった。あるお客さんから、「俺の知り合いの店に今度来た歌手を入れさせて欲しい」とお願いされた。「メジャーの人だから、最低テープ四十本は受けてね」と話してあったのに、当日店へ行ってみると、ソファーにマスターが寝そべっており、お客さんが一人もいない。

「ああ、今日だったか。皆に言っておいたが来んな〜」

とマスターは涼しい顔。

「マスター、時間がまだ少しあるから電話して集めて下さいよ」

そうお願いすると、三十分後三名のお客さんが来た。歌手は西方裕之さん。マネージャーの高畑さんがこう言った。

「ソロソロ始めようか。いいか裕、三人のお客さんしかいないけど、歌手がお前だからだ。この店でも五木ひろしさんが来るなら入りきれない程いっぱいになる。他の店でいっぱいのお客さんの中で歌わせて貰えるのは、お店のマスターやママさんが必死になって集めて下さるからだ。ここの三人はお前のお客さんだ。一切手を抜くな。わかったか」

西方君も熱唱してくれて嬉しかったが、私のミスでお店のマスターに確認をしなかったのが原因でもあり、西方裕之さんに申し訳ない事をした。また、私にとっても辛いキャンペーンだった。

クラウンレコードの演歌歌手、野中彩央里の新曲「火振り酒」のPR活動の相談を受けたことがあった。

「四国の四万十川と東京の隅田川は決まっているんだけれど、中部地方のどこかで火振り漁を見学できるような所はないだろうか？　火振り漁を見学しながら野中彩央里のPRショーをやりたいのだが」

という相談だった。

「イベントの経費はクラウンが出すの？」

「それは厳しい」

「じゃあ俺に任せてくれる？」

自分に少し心当たりがあった。故郷の洞戸に火振り漁をする人がいたので、早速洞戸の村役場で武藤村長に面会し交渉。

「東京は隅田川、四国は四万十川、二カ所は決まっているんです。中部地方を代表して武藤村長にやってほしいんです。今、クラウンレコードの一押しで、美人歌手の野中彩央里です。村興しのチャンスでもあります。村長が協力して下さるなら、私も一宮からお客さんを観光バス四台会場へ連れて来て盛り上げます。いかがでしょうか？」

村長は乗り気でＯＫしてくれた。会場は木造りの学校跡で、その日は村祭りと決め、村も準備に入った。自分も成り行きで観光バス四台分の客を連れて来ると言ったが、何の当ても無かった。人集めも大忙しだった。

村は本当によくやってくれた。当日は村の祭りにして、村のどこからでも会場に来られる様にシャトルバスを五台回し、会場と目の前の火振り会場の河原に仮設トイレを二十カ所、大型トラックの舞台が用意された。ショーも大観客に盛り上がり、火振り漁を見学し、にわか雨もあったが大成功。最後に花火まで打ち上げてくれて感激した。後で聞くとこのために村は六百万円使ってくれたそうだ。ありがとう洞戸村の人達。ありがとう武藤村長。

菅谷の「チューリップ祭り」にも二回くらい行った。松田好彦先生の自宅がある集落で巨己君や系彦君を思い出す。洞戸でチューリップ祭りをやっていると聞いて少しでも盛り上げられたらと思い、お客さんに私の故郷で「チューリップ祭り」をやっているからみんなで行こうと誘い、観光バス一台で行った。それでも地元の人は歓迎してくれた。山間地の土地は地力が弱く、芋類の花を育てるのは難しいだろうなと思ったが。菅谷も数年後にはチューリップをやめたそうだ。

「ハワイへ行ってカラオケしたいな」

一人のお母さんの声からハワイへ行く事になった。パンフレットを見て、クルージングもしたいなー、レイ作りもしたいなー、ホエールウォッチングもしたい、舞台が立派だから現地の人とショーをしたい、現地の人と交流して一緒にカラオケをしたいな〜。ポスターチラシを作り、参加者募集を始めると、好評ではあったが催し物の準備に関して各地で心配された。

「アラモアナショッピングセンターのセンターステージを借りてやるそうだが、誰が会場取りに行く?」

「カラオケの機材は誰が用意する?」

「船ちゃん、ハワイであれやるこれやると言うけど、あんた、ハワイ何回行っとるんや?」

「俺か、一回も行っとらん。けど心配するな」

そんな具合で心配をされたが、その都度「何とかするから大丈夫」と言い切った。しかし旅行日が日一日と迫ってくると、自分でも少し心配になってきた。国会議員の先生の秘書にお願いしてみるか。でも親しい秘書もいないしなぁ。よし当たって砕けろ。ハワイだからアメリカ大使館に骨折ってもらおう。大使館に動いてもらうには話をどう持って行くか。プレゼンが勝負かな？

次の日、店から大使館へＴＥＬする事にして仲間に話すと、

「大使館が個人のカラオケ大会くらいで動いてくれんだろう」

「怒られるんじゃないのか」

「電話するって、船ちゃん英語出来るんか？」

「バカヤロー、お前大使館は東京にあるんだよ。大使はアメリカ人だが、スタッフは日本人だ。日本語で充分だ。どの国の大使館も世界中暇だと思うよ。大義名分が立てば動いてくれるかもしれん」

早速今からやってみようと、電話。

「もしもし、ハロー。私愛知県の船戸輝雄と申しますが、カラオケ喫茶をやってまして、お店のお客さん四十名連れてハワイ旅行に行くんですが、旅行中と帰国してからも現地の人達と素敵な交流がしたいので、大使館が責任持って現地の信用できるカラオケグループを紹介して下さる様考えて戴けませんか？」

「わかりました。そういう事ならハワイ観光局を紹介しますので、今から教える番号に十分後に電話して下さい。そして最後に必ず、アメリカ大使館の紹介ですと言って下さい」

「誠にありがとうございます。お世話になります」

十分後に電話すると、

「すぐ電話切ってください。こちらから折り返します」と、すぐに掛かってきた。

「こちらからだと電話も安いから」と、丁重な扱いだった。

「大使館から伺っておりますが、どんなカラオケグループを紹介しましょうか？」

「うん？　意味が解りませんが……」

「ハイ、ハワイで一番大きなグループ、愛知県人会のグループ、民謡中心のグループ、イベント中心のグループなど、色々あります」

「私達もハワイでイベントがしたいので、イベントに手慣れたグループをお願いします」

それで紹介されたのが山田裕二カラオケ同好会。以後打合せはＦＡＸで行った。カラオケの機材や会場の日程等、無事準備も済み、十月九日出発日を待つだけとなった。が、甘かった。あの九月十一日が来た。アメリカ同時多発テロだ。世界貿易センタービル二棟に旅客機が突っ込んでいく姿を、まるで映画を見る様な感覚で見ていた。次の日から電話が鳴りっぱなし。二グループ十七名キャンセル。

「出発は一カ月も先だし、ニューヨークなんてハワイから六千㎞も向こうの話だよ。検査も厳しくなるから大丈夫」

などと説得し、二十三名で出発する事になった。まだまだ安心出来ない大問題が残っていたのだ。実のところ、店の運転資金に旅行の申込金を使い込んでしまっていたので、出発までに金策する必要があった。銀行も難しく、最後の手段でサラ金で上乗せ借金しかないか……これ以上借りると返済も出来なくなる心配もあった。心苦しくて言い辛かったが、私の大事な人にお願いしたところ、お金を何とかして戴けることになった。サラ金で借り増しせずに済んだ。

旅行は思った通り検査が特に厳しく、靴下まで脱がされたり、折りたたみ傘を爆弾らしき物と疑われてスーツケースをひっくり返して調べられたりした。ただ旅行中はすべて順調で楽しかった。帰国の日には湾岸戦争が始まり、また検査も大変だった。アラモアナショッピングセンターのステージで歌手の遠山洋子さんも受けたが、鶴田さんのドジョウすくいが大受けだった。現地の山田裕二会長には本当にお世話になった。次の年山田夫妻が来日の折、私の店、カラオケ喫茶「夢」に立ち寄って下さった。ハワイ旅行参加組が集まり歓迎した。最高の思い出の一つだ。

店の女の子ゆみちゃん（二十歳）、まなみちゃん（二十二歳）も叱られてばかりだったが、二人共本当によく頑張ってくれた。私自身まだ血の気も多く理不尽な叱り方もしたが、よく耐えてくれたと思う。江南市の音楽寺も、毎年六月第三日曜日は「夢」で一日イベントを引き受けて歌謡ショーを開催した（参加費千円で軽食付き）。五百円は寺へお賽銭。ボランティアイベントだったが、毎回五十名の参加者で「あじさい祭り」も盛り上がり、仲間達には喜んでもらえた。一宮の勤労会館で開催の大会に審査員としてお呼びしていた、すぎもとまさと先生から、

「こんなお寺さんがあります」

と、音楽寺を長谷川武司さんに案内してもらった。音楽寺も長谷川さんの紹介だった。岐阜放送他、良子さんにも助けられ、長谷川さん夫婦には温かい気配りに何度も助けていただいた。

中国旅行の「上海蘇州」「北京方面」両方共ガイドをしてくれた桃建建《ケンケン》が来日して、明日「夢」へ行くからと電話があり、旅行に参加した人に電話して来てもらい宴会。彼は日本の歌も上手で物知りだった。彼の自慢は、「船戸さんより日本の事は知ってるよ。鹿児島と新潟以外全部行った事あるよ。アハハハ」だった。建建は中国が新日本製鉄の技術協力により宝山製鉄所を建設する事になり、中国政府交渉団の通訳とし

て度々来日していた人物で、年賀状も数年来たが元気かなぁ。楽しい人だったなぁ。

店の近所の水藤晃さんの奥さんの雄子さんが杖をついて店に来た。「どうしたの？」と聞くと、「腰が痛くて」と言う。

「二回手術したから、三回目は命とりだから手術は無理だと言われた」

「だって、医者から痛み止めの薬貰ってるだけじゃ何ともならんなー。そう言えば俺が金沢から来た山本先生を知ってるんで、一度診て貰ったら」

千秋の山本病院へ雄子さんを連れて行き、帰りに「どうだった？」と聞いたら、

「誰が三回目の手術をしたら命取りだと言った？　手術も出来ない医者が多いから、私に開業許可が医師会から出たんだ。明日主人を連れてきなさい」

と先生から言われたと雄子さん。

次の日、晃さんが同行すると先生がこう説明したそうだ。

「私が手術して百％とは言えないが、九十％は大丈夫。どうしますか？」

晃さんも、

「先生がここまで言ってくれたんだ。手術して貰ったら」

で手術して、元気に元通りになった。

その一年後くらいに、女房が「手が痛くて指が曲がらん。市民病院とか色々行ったが治らん」と言うので、山本先生の所へ連れて行った。待ち時間が長そうだから、「俺

は帰るで。帰りはタクシーを呼べ」と帰って来た。夜、女房に聞いたら、先生が「わからん、わからん」と言って、昼過ぎてから、「やっと解ったから明日手術する」と言われたそうだ。そこで女房が、

「先生、手術するといっても、うちのお父ちゃんお金無いよ」と言うと、

「何言っとる。船戸君に三万円もらって来い」

そう先生に言われたよと女房。

「三万円で治るなら手術して貰えよ」

で、本当に治った。腕のいい先生だったのに、医者の不養生で五十一歳で亡くなった。開業して十五年、あまりにも早い別れだった。惜しい人だった。

「透析をするのに送り迎えをしてほしいから、店をやめて欲しい」

と女房に言われたが、店のイベントなどを色々広げていたので、急にというわけにはいかなかった。しかし少しずつ整理して閉店すると約束した。

借金の返済も月利子十四万は大変だった。でもサラ金の会社を恨んだことは無かった。自分が苦しい時に助けてくれた会社だから。サラ金の金利で苦しむ人の話を聞くと、「何でサラ金で借りるの？　そんなとこで借りるであかんわ」とほとんどの人がそう思うのだろうが、「サラ金で借りるより、俺が貸してやるよ」と言ってくれる人

がいないから、サラ金で借りて苦しむのだ。

その頃小さな新聞記事を見た。多重債務等で苦しんでいる人を助ける為の弁護士事務所のＰＲ活動は当時は駄目だったんじゃないかな。所長の西田弁護士の「多重債務者を助けたいという私を、東京弁護士会から除名できるもんならやってみろ」と、そんな感じの記事だったと思う。この人なら相談に乗って貰えるかもしれない。金利の支払いだけで月十四万はもう限界だった。早速西田弁護士事務所に電話して相談した。半信半疑だったが親切に対応して戴いた。

「今日からはすべて事務所が対応します。ローン会社からも電話もありません。安心して下さい」

残高が二百六十万円くらいあったので、何とか半分になればありがたいと思っていた。武富士、プロミス、レイク、アコム、アイフルなどなど。一カ月後、事務所から連絡が入った。

「残高の二百六十万円の借金はすべてゼロになり、弁護士事務所の費用として百四十万円程戴いて、船戸さんの手元に三百万円くらい振り込めると思いますよ」

ということだった。有難い、嬉しいな。やれやれほっとした。天にも昇る気持ち、力が抜けて暫くぼうっと座ったままだった。

ゆみちゃんの妹の佳奈子がスナックをやりたいと言ってきた。

「まだ二十歳だろう、無理だって」

と答えたが、姉のゆみちゃんには何としてもやりたいと言っているみたいだった。

「うちの店の前の自転車置き場に、奥田工務店の弘君が、旅行社が使っていた円形カウンターを置いてくれたので、あそこを僕が囲って店を作ってやるからそこでやってみろ。席数が少ないから一人でやれる。経費も少なくて済む」

ビクターの安いカラオケを入れ、入口は真っ白なドアを半分近く切り落として、お客さんがしゃがんで入る様にした。床は真っ赤なカーペットで柵類は真っ白でおもちゃの店みたいだった。入口のドアを半分にしたのは、岐阜のスナックの「フランス乞食」という店が、小さくしゃがんで入る店でそれを真似た。「フランス乞食」は入口も店名もインパクトがあり、よく繁盛していた。店名は「渚」とした。「入口が小さくて頭を打ちそう」と言いながら、面白がって結構来客もあった。


名古屋の御園座でカラオケフェスタを毎年開催している高須はじめ先生は凄かったな。出演する人も大変だった。先ずテープ予選に三千円、予選が通ると本選出場費二万円、入場券五枚分の三万五千円、合計五万八千円払ってやっと出場出来るというシステムだった。応援で見に来てくれる人があると、その入場券七千円と御園弁当二千円、二十名応援に来てくれると、応援の人の分だけで十八万円かかった。自分の出演料五万八千円、ドレス代等入れると大変な金額だったが、何と言っても名古屋の御園座の舞台。うちの店からも毎年二名くらいずつ出演した。

伊藤弘美さんは、美人でドレスもよく似合う素敵な人だった。水藤晃さんは、スーツをビシッと決めてダンディーでカッコ良かったな。鶴田幸子さんのご主人、自分は歌をやらないのにいつも幸子さんのためにカラオケに付き合ってくれるやさしい人だった。水藤雄子さん、歌も良かったが、ブルー系の振袖が最高だった。田島さんも出てくれたし、多くのお客さんが出てくれた。後はほとんど、誰が出てくれたか忘れたみたいだ。


伊勢湾クルージングも色々な事はあったが、回を重ねる事ができた。平成二十三年三月に入り、「今回もクルージングは集客も順調に行っているなぁー」と思っていたところに、三月十一日、東北で大地震の一報が。テレビに映し出される映像は見た事も無いものの連続だった。

「大変な事になったな。さて、どうする」

一晩寝て、次の日早朝より電話は鳴りっぱなし。

「船ちゃん、キャンセルがどんどん来るけどどうするの？」

「船ちゃん、こんな風じゃとても出来ないでしょう」

「みんなキャンセルになっちゃうよ」

「何言っとる、東北は地震かもしれんが、名古屋は何の影響も無いんだ。やるぞ。断られても巻き返して頑張れ。皆でここまで頑張ったんだ。今中止したら、ただ大損するだけだ。中止はしないよ。やるぞ」

他社からも船会社からも、

「船戸さん、こんな時だから、キャンセル料は一銭も取らないから、中止にしてもいいよ」

と言ってもらえたが、このまま中止したら赤字どころじゃない。四百万以上の赤になるかもしれない。やっとサラ金の借金が無くなったのに、もう嫌だ。絶対前に進んだ方が赤字は少ない。

弁当の会社も「中止でいいよ」と言ってくれたが、中止しても赤字、前に進んでもキャンセルが多く赤字——だったら前に進もう、まだ出発日まで二カ月ある。

「私も、営業マンとしてのプライドに懸けて巻き返しますから。御社にとっても中止より実行した方がいいと思うので、気持ちだけでいいから料金を再考していただけませんか？」

各社から「少しくらいなら考えるから、頑張ってほしい」と励ましていただき、少し元気が出た。その後は新しい所を回り、旅行をキャンセルした人に再アタックをしたりした。結局自分が思う程は巻き返せなかったが、苦労して集めた大事な大事なお客さんが五百五十名。旅行社の近ツリも、「こんな時によくこれだけ集客したもんだ」と言ってくれたが、自分は七百が目標だったので不満は残った。中止したら四百万円くらい赤字を出すかもと青くなっていたが、最終的に八十万の赤字で済んだ。他の支払いを全部済ませて、近ツリの支払いのうち、赤字分の八十万が即払えず、一カ月待って欲しいとお願いした。近ツリは快く一カ月待ってくれた。感謝感謝。

島津亜矢ちゃんは、毎年キャンペーンで、十年くらい「夢」に来てくれた。店にキャンペーンに来てくれた歌手で、エコー0で歌うのは彼女だけで、社長がいつも、

「亜矢は声が通るんで、0にしないとマイクが逝っちゃうんで」

と話していた。彼女はザックバランな人で、コンサートの楽屋へ一度行った時、短パンで太い脚を放り出して、

「船ちゃん、そこの『御座候』食べやあ、あっはっはっは」

と、もてなしてくれた。彼女の歌唱力は今の若手のポップスを歌う人じゃ束になっても勝てないうまさだ。亜矢ちゃんの歌を生で聴いて欲しいなー。亜矢ちゃんが最初に紅白に出た時はうれしかった。連続して出る様になった時は、やっと紅白のレギュ

ラーになったかと思ったのだが、事務所の社長が亡くなると、すぐ出なくなってしまった。が、彼女の歌唱力があれば向こう二十年間は大丈夫でしょう。がんばれ亜矢ちゃん！

オヨネーズの二人も楽しい人だったな〜。「麦畑」が大ヒットして全国引っ張りだこの時、我が「夢」にも来てくれた。「夢」でも大人気で、客の入りもすこぶる良かった。殿様キングスのリーダーが、オヨネーズの男性の方だったことにはビックリした。人気もあったが消えるのも早かった。

藤圭子さんがゲストで、会場は市民会館。岐阜テレビを二時間貸し切って放送した時だったか。ポスターを各所に貼り出すと、反社らしき人から電話で、

「誰が主催だ？」

「私ですが」

「誰の許可を得たんだ？」

「いえ、どなたの許可も得ていませんが」

「そうか、当日無事で済むと思うなよ」

で、電話が切れた。気持ち悪い事、悪い事。次の日警察の丸暴へ相談に行った。

「電話があって気持ち悪いんですが、どうしたらいいでしょうか？」

「船戸さん、大丈夫だよ、私服警官三名を当日朝から入れるから。但し私服で入れる

んで、入口で入場料下さいと言わない様に」

「わかりました。受付に話しておきます」

「船戸さん、プログラムを見ると国会議員が来るようだが、大勢の前で挨拶するんだから祝儀も弾んで貰えそうだね」

「貰えるとありがたいけど、議員さんで祝儀をくれた人はいないなぁ」

「そんなもんかなぁー」。

　さて当日、スタッフ全員ピリピリしていたが、反社らしき人は誰も来ずほっとした。むしろ警察が関心あったのは反社ではなく、国会議員の選挙違反の方だったらしくて、江崎鉄磨先生の挨拶が終わるまで席を立たなかった。江崎鉄磨先生もさすがで、話も上手く無難に終了した。カラオケ大会も大盛会だった。


　深夜何か物音がして目が覚めた。猫が不始末をして、女房が掃除しながら、「モグちゃんだめでしょう、こんな所でしちゃ。お父ちゃんに叱られるでしょ」などと言っている。薄目を開けて見ていたが、こんな夜中に猫の不始末に気付き掃除する女房を見て、こんなに猫が好きなら、俺も今後猫が悪さをしても、不始末しても、一切文句を言わないようにしよう、そう思った。今までは猫が嫌いで、柱を爪で引っ掻いたりすると女房に文句を言った。自分が猫を好きになろうとしてから、家の猫で可愛い子

が出来た。モグちゃんである。私が会社から駐車場まで帰ると、もう玄関で待ってい
て、玄関を開けるとバタンと倒れて私の方を見て頭をよしよしと撫でてもらうのを待
っている。誠に可愛い。犬は人間に気を遣い過ぎて可哀想な気がするが、猫は人間に
全く気を遣わない。うれしい時はゴロゴロと喜び、嫌な時は逃げる。自分に正直であ
る。そんなモグちゃんがますます可愛くなった。そのモグちゃんの体調が少しずつ悪
くなり、娘の美花が医者に連れて行ってくれたが、猫エイズという病気らしかった。
しかし我が家には、治療を受けさせる金も無く、徐々に体力を失っていくモグちゃん
を見て、女房と「もう諦めるしかないな」と話し、今夜あたり危ないかもとお互いに
段ボール一個ずつ持ち帰り、顔を見合わせた。
　その夜、もう歩く事が出来ないモグちゃんが少しずつずって来て、少し開いていた
襖の所からじーっと私の方を見ている事に気付き、「モグちゃん、ごめんな」と頭を
撫でていると、女房も起きてきて体をさすりながら、「金が無いって悲しいな、悔し
いな、こんな奴一匹助けてやれないなんて」と、女房と二人で泣いた。
　次の日、美花が来て、「見ちゃおれん」とモグちゃんを医者に連れて行き、三十万
円くらい使って治してくれた。おかげで二年程モグちゃんも長生き出来た。
　最期は豪雨の夜十時頃、異様な鳴き声をして外へ出たいと訴えたが、女房が「こん
な雨降りに外へ出たらだめでしょう」と慰めている。「猫は自分の死に顔を飼い主に

見せないと言うから死なせてやれ。玄関を開けろ」と私が言って開けさせると、モグちゃんはヨロヨロと出て行ったが、案の定次の日、小学生が「おばさんところのネコ、桑畑で死んでるよ」と教えてくれた。何かと心に残るネコのモグちゃんだった。

色々とお金の忙しい日々が続き夫婦喧嘩もよくしたが、女房は我慢強く、辛抱してくれた。女房が生まれる前に戦地へ行き戦死してしまったので、女房は父の顔も知らない。そんな女房の、

「父の戦死の地ブーゲンビル島近くのブカ島沖ってどんな所かなー」

という言葉を聞いて、女房を連れて現地へ行き、花束を流して慰霊出来たら女房も喜んでくれるだろうと思い地図を見ると、遠い遠い。まずジャカルタへ行って、パプアニューギニアへ行って、ローカル機でブーゲンビル島へ行き、定期船でブカ島へ行く。旅費も大金が必要で、その話も女房に出来ず仕舞いだった。本当に字も上手で、料理も出来て、社会的常識も並み以上にあり、おせち料理も必ず手作りして、元日の朝も箸袋に手書きで家族の名前を書いて、家長である私のあいさつから正月を始めてくれた。何事も安心できる女房だったが、生前は何もしてやれなかった。せめて今生きていてくれたら少しは楽しくできたかなと思うと、残念で仕方ない。私には過ぎた女房だった。ありがとうしかない。

元反社の人で、店のキャンペーンや色々なイベントにいつも協力してくれたのが西野さんだ。彼は一度も過去を話さなかったが、彼が現役の頃、相手の組長を日本刀でぶった斬り十五年別荘に入っていたようで、入所中に奥様のすすめで宗教に入信し、転向したそうだ。出所後は堅気の人間には迷惑を掛けないという任俠の人だった。それが徹底していて見事だった。

「店の玄関に飾る正月の餅は、わしが必ず三十日に持って来るから買わない様に」

とか気を遣ってくれた。

「わしがこの店に通っている事は大抵の者は知っているんで、誰も来ないとは思うが、万一誰か来たら、名前と組を聞いておいてくれ。現役じゃないが、役には立てると思う」

と、いつも言ってくれた。

その西野さんが特養老人ホームに入って半年後くらいに、奥様が店に来て、

「船ちゃん、これ親父のものだけど、親父はもう着れないから使って。要らなかったら捨てて。アハハハ、死んでからなら気持ち悪いけど、まだ生きているからいいだろう、アハハハ」

実に楽しい人だった。ありがたくいただいて、ハワイ旅行の時現地の人に浴衣《ゆかた》を三

枚あげると、大喜びしてくれた。私のお気に入りは正絹の着物で、黒地に昇り竜の柄が入っており、各地の歌謡祭に何度も着て出演した。反社の大物だったが、転向後の生活振りも見事だった。

女房が、「糖尿病がひどくてあんたの世話はもう出来ん。長女の美花の家に世話になる」と言ってきた。驚いたが仕方がない。私に対する不満が第一だったのだろう。私は店の裏の一部屋に住むことにした。中音協のカラオケ大会も、店のイベント各種も、整理が少しずつ進んで、「夢」の後を営業してくれる人を探す必要があった。中日ホームサービスに広告を出すと八名の希望者があったが、一番熱心だった仲代勝さんの奥さんのまゆみさんに引き継いでもらう事になった。店を五十万で手放したが、店の撤収費用で百万以上使った。西田弁護士事務所のお陰でサラ金の借金はゼロになり、店の撤収費用等を払う事も出来た。銀行二社には借金が少し残ったが、再出発しやすくなった。

自分の住まいも市営住宅の春明に決定し、十月一日入居となった。長年「夢」を手伝ってくれた佳子さんに無償で借りていた畑があったが、それだけでは身体もおかしくなると考えて、西大海道《にしおおがいどう》の小島新聞店へ行き、配達させて欲しいとお願いした。二年二カ月働かせていただいた。七十一歳からだった。私にミスもあったが、小島社長には本当に年寄りをよく面倒見て下さった。感謝しかない。知人の不動産屋から電話があり、会いたいとのこと。近くの喫茶店で待ち合わせて行ってみると、

「何もやっていないなら、半年も空いている店があるから、今までは十二万円だったが十万円でいいのでどうだ。一戸建てだぞ」

と提案された。

「今更店をやる気はないな」

「そうか。でもせっかくだから見るだけ見てくれ」

ということで見に行った。作りは悪くなかったが、中はゴミ屋敷だった。

「俺はやらないが、今時家賃十万で借りて店やる人はないだろう。せいぜい家賃六、七万だな」

そう言って帰ったが、十日程すると、

「船ちゃん、大家があんたの言う金額でいいと言うからやってよ」

としつこかったので、年寄りの暇潰しにまた店を開ける事にするか。そう決めた。

カラオケ喫茶経営の二十数年間には忘れられない思い出がある。宮路オサムちゃんがグループの殿様キングスからソロになり、私の店に初めて来てくれる事になり、その時の新曲が「酒二合」だった。紅白に何度も出ている大物なので、舞台も私なりに飾ろうと、舞台に屋台を作り、赤ちょうちんを提げて、縄のれんも手作りした。客席

も七十名ほど入り、満員の大盛り上がりでオサムちゃんも喜んで帰ってくれた。その後、長島温泉に来演の度にTELが入り、キャンペーンをずーっと続けて戴いた。いつもいつも感謝しています。

久志国孝先生。大変お世話になった先生で、病気で入退院をくり返し、最後の最後まで気丈な人だった。亡くなって野辺の送りも済み暫くすると、奥様の茂世さんが、「主人が生前、『俺が死んだら「夢」で偲ぶ会でもやってくれるとうれしいな』と言っていたので、費用は私の方で持たせてもらうのでお願いできないか」という。

「私も賛成だが、奥さんが費用負担するのはやめて欲しい。会費制にしよう。二千円の会費で喜んで参加してくれる人だけでやろう」

と提案した。先生の為に喜んで参加してくれる人なら、十人だけでも先生は喜んでくれると思った。声を掛けると五十名も集まり、食事をし、会話をし、楽しく歌い、故人を偲び、お坊さんも初めてなので最後まで見学させて、と本当に良い会になった。

ゴルフにも、文化堂さんのお陰で色々な人と行く事が出来た。泉ちどりさん、西方裕之さん、石原詢子さん、宮路オサムさん、桜田誠一先生、徳久広司先生など。思い出だけじゃ人生前に進めず。今度開く店名だが、「夢」にすると前の店の所在地へ行く人が出てきそうだから、新しく「ドアーシップ」とした。ドアー（戸）、シップ

（船）という洒落だった。店の中がゴミ屋敷だったので、大掃除から始めた。業者も入れたが大変だった。新しい店を始めるとき、結婚して堺にいたゆみちゃんが一宮へ帰っていたので、「新しい店を手伝ってくれるか?」と聞くと、「いいよ」と言ってくれたので女の子は目途が付いた。

前の店で取引していた酒屋さんが廃業していたので、新しい酒屋さんと交渉する必要があった。取引条件として、アイスペール、水割りグラス、ジュースグラス、ビールグラス、ロックグラス、他若干のグラス、生ビールサーバーの設置、ビール冷蔵庫の提供、電子レンジ一台提供、ポスター等。三軒の酒屋さんと交渉したが、ビール冷蔵庫を無償で提供してくれず困った。DAMの田中君から林屋の横井さんを紹介された。横井さんが頑張ってくれて酒屋関係の備品すべて無償で揃った。コーヒーやおしぼり、DAMの看板も付いた。開店のチラシ、はがきも出し、前夜祭二日間すべて無料で行い、開店三日間も順調にいった。近くの団地の町会長という男が開店二日目からやって来て、

「この店は俺が来ないと団地の人間は誰も来ないから、すぐ潰れるぞ」

毎回同じ事を言う気分の悪い男だった。お客さんとしてもマナー違反が多かったので、出禁にした。掻き回したがる困った人だった。

「ドアーシップ」初のキャンペーンを、立樹みかさんで実施した。笹岡の兄には開店

の花やキャンペーン等、相変わらず助けてもらった。新しく「中日本音楽祭」を立ち上げて開催し、「アマチュアスーパースター」も行い、結構忙しくなってきた。

店の秋の旅行で天竜峡へ行く事になったが、十一月二十八日に決まった。その理由はこの日からりんごの〝富士〟が、自分で取って五㎏までお持ち帰れるからで、籠を貰って一杯入れると十八個から二十個にもなった。旅行社のツアーで、二㎏お持ち帰り出来ますよというのはあったが、五㎏持ち帰りＯＫは無かった。りんごの木から直接自分で選んで取れるから最高だった。

昼食は天竜峡から伊奈まで行き、「さくら亭」で馬刺しと牛しゃぶの食べ放題だった。みんなの食べることと食べること。佳奈子などは牛肉をビニール袋に入れてバッグに入れていたので、「ヤバいからやめろ」と言ったが、「大丈夫だよ」とニヤッとしていた。帰りは飯田城へ立ち寄り、お菓子をつまみ食いしながら楽しいバス旅行だった。夫婦や親子で参加する人などもあった。「りんごを四十個も持ち帰ると、二月頃まで家にあるんだわ」と毎回好評で、ずっと続いた。

春にいちご狩りに行くと、その都度色々な所へ行った。中川村の蜂の巣の見事なものや、光善寺の石垣の中の光り苔や、枝垂れ桜も見た。元善光寺の御開帳も参加した。初めて行ったが、お寺さんのわりに立派な建物とはいえないかなと思った。驚いたのは賽銭箱の多さだ。入口を入ると受付のテーブル上には十円玉の五百円分包み、十円玉が十個ずつ並び、百円玉が千円分ずつ並べてあり両替していた。十円玉を三百円分両替して行ったが、各部屋に石仏、木仏がずらり並んでいて、その前にそれぞれお賽銭箱がある。五十カ所や六十カ所では全然足りなかった事が一番印象に残った。

園原の花桃も何度見ても素晴らしい。はじめは土地のじいちゃんが自分の畑などに花桃を次々に植えていったそうだ。「あんなに花桃植えてどうするんだろう」と見守っていた村人達も、毎年、毎年、花桃が増えてくると見物に来る人が増えて、たくさんの観光客が来るようになると、途中から協力してくれる人が現れた。そのうち村が、町が力を入れてくれる様になり、今や南信州の一大観光地になったのだ。素晴らしいな〜、凄い人もいるもんだな〜。金持ちが○○市に一千万円を寄付しますといって市長に渡すところを写真入りで紹介する様な話と訳が違う。名を求めず、利を求めず、経費は自己負担で始める。そんな貴い人に近づきたいものだ。

平成十五年に「東海音楽祭」の審査委員長として一宮へ来て戴いたすぎもとまさと先生。先生のバンドもお呼びしてコンサートを一度やりたいなと仲間で話していた。数年後やっと実現する事になった。カラオケ大会の審査員としては二回来て戴いているが、今回は歌謡祭のゲストでもなく先生のコンサートだから、完全に興行扱いとなる。外部団体からクレームが来るのも嫌だったので、地元の興行師「名芸オフィス」さんに仲に入ってもらう事になった。入場券を幾らにするか。自分が歌ってなら一万円でも出すカラオケ仲間だが、プロの歌を聴くだけで幾ら出してくれるのか迷った。また、先生のコンサートで地元の歌手が前唄で歌う事はなかったが、私が地元の歌手にはお世話になっているのでどうしても競演してほしいとお願いして、松田敏来、樋口三紗、伊藤エミ、景山たかし、以上四名の方と競演してもらった。チケットは六千五百円に設定し、駅西の伊藤和彦君が顔も広く元営業マンだったので協力をお願いし、看板屋の山本さんも随分協力してくれた。チケットぴあでもチケット売りをお願いして、第一回「すぎもとまさとコンサート」は無事開催となった。満席にはなったが、興行的には少し赤字になった。しかし第一回としては上出来だった。続けて第二回を開催。第二回も無事に終了する事が出来た。そして第三回。第三回目のチケットを売り始めて直ぐに中国でコロナが発生し大騒ぎ。一月になるとますますコロナも増えて、マスコミが一日中コロナ報道で、地元歌手の松田敏来さん、樋口三紗さん、伊藤エミさん、藍沢美樹さんが大部分チケットを売り切り、チケットぴあも茨木、静岡、千葉、富山、福井、奈良、大阪、兵庫、広島、福岡等でチケットを売ってあったので、問い合わせがどんどん入りだした。「こんな時にやれるのか」「大丈夫か」「中止した方がいいんじゃないか」といった問い合わせに対しては、「新幹線が止まらん限り開催します」と言い切っていたが、内心ビクビクだった。二日遅かったら駄目だったかも知れない。二日後には全国の小中学校が休校に入ったから。そうなったらまず無理だったろうと思う。第三回からは特に、五和電気工業の会長にお世話になり、野菜等をお送りくださったり、本当にありがたかった。次はいつやると期待して下さるので、応える事が早く出来たらと思っている。

すぎもとまさと先生のコンサートのチケットを議員さんの後援会にお願いしようと、次回県議選に立候補予定の平松利英さんに私達の会の役員伊藤和彦君を通じてお願いすると、「私自身は無理だが後援会を紹介する」という事になった。選挙の時は皆で応援し、平松利英先生が誕生した。

平松先生を共に応援した山本さんの話で、知人が持っている美濃市大矢田の鉄工所の跡地を買って欲しいと頼まれた。使い道が無いから買えんと断っていたが、見るだけでもと言うので見に行った。敷地に3mくらいの谷川も付いていて悪くない。「今使い道が無いから、僅かな捨て金で良ければ」と話したら、後日捨て金程度でいいからと言われて買う事になった。木を切り、草を刈り、除草剤を撒き、ブルドーザーで雑ゴミを片付け、物置を作り、クレーンで吊って一部屋設置し、カラオケの機材も置いた。今では年に数回カラオケをしたり、バーベキュー大会を催したりしている。春は桜、花桃、藤の花、かたくりの花。夏は蛍。秋はあけび。谷川には沢ガニ、ギギ。

平松先生や尾関先生に参加して戴いたりして、楽しい場所になった。

数々のイベントを行う中には、私の身の丈以上の催しもいっぱいあったが、その都度多くの仲間達が支えてくれた。南谷朋子さんには、「船ちゃん頑張ってるねー」と言いながら身に余る祝儀をいつも戴いた。司会者の伊藤よう子ちゃんも、教室の生徒さんが各催しに参加してくれた。井伊明美さん、スタッフの中心で最初から最後まで支えてくれた。特に令和四年十一月六日の最後の歌謡祭は、私が倒れて当日欠席の中、スタッフの陣頭指揮を執り、大会を無事納めてくれた。大感謝だった。数えればきりがない程多くの仲間達があってこその自分だった。ありがとう仲間達。

コロナが発生し、店の営業が難しくなってきた。県の「コロナ問い合わせセンター」へ何回電話しても通じない。そんな時、平松県議が県から資料を持ち帰り、事務所で印刷して飲食店に六百通ずつ発送してくださった。コロナの給付金に関する申込書だが、一回ごとに違うので書類に慣れない年配の飲食店主には難しかった。先生が送って下さった書類には、先生が考えてくれたQ＆Aが付いていて親切だった。私自身必死に書類作りをしたが、仲間の店の中には給付金を諦めている所もあった。そういう店が五、六軒あったが、アドバイスをしてもらえるようにしたりもした。私は家族の生活費を稼ぐ必要も無くなっていたので、「業界が苦しい時だ、給付金は皆に分配しよう」という思いで、店が休業中も家賃も全額支払い、カラオケリース、新聞、ガス、女の子の給与も満額払い喜んで貰えた。

平松先生の二回目の県議選が来た。「飲食店が苦しい時に、誰が飲食店のためにあれだけ働いてくれた、今度は平松先生でしょう」と説いて回った。落選はしたが、地元から強力なライバルが立候補したにもかかわらず前回より票を伸ばしたのは、平松先生一人だけ。先生の努力と誠実さの勝利で、一万三千七百五十四票という数字も、私の頭から暫く消えないと思う。

「ドアーシップ」は、「夢」の時と違い経費が三分の一程度で済み、安定した。サラ金の借金も無くなり、銀行二社とカラオケファンの残金もあったが二年で完済して、解放感が気持ちよかった。店の女の子達も何人か入れ替わったが、それぞれ頑張ってくれた。鈴木さん、千代ちゃん、古田さん、脇田さん、美穂ちゃん、雄子さん、ゆみちゃん。しかし私が、今年の春に畑で倒れ、今年いっぱいで店を引退せねばと考えた。長年手伝ってくれたゆみちゃんに譲ろうと思ったが、「やらない」と言うので、不動産屋に話をした。名古屋の人が五十万くらいなら私がやりたいと言っているという話を聞き安心していると、秋になりゆみちゃんが「やりたい」と言いだした。「夢」で十年、「ドアーシップ」では九年手伝ってくれたので、彼女に無償で譲る事にした。

秋にも畑で倒れ、雄子さんに救急車で病院に運ばれた。入院一カ月後、大動脈狭窄症の手術をし退院。店の引き継ぎも無事に終わり、新しい年からゆみちゃんが店主だ。今後は一人の客として応援しよう。畑の作業は無理かもしれんが、大事な女性と山にでも行って、楽しみながらのんびり過ごすか。

わが貧乏人生に悔いはなし。楽しきかな人生。　てるお

第五部　貧乏がどうした

じじいのつぶやき

貧乏人だからこそ自由だ

医師の家庭に生まれても、会社の社長の家に生まれても、資産家の家に生まれても、自分の希望する仕事に進めず、親の後継ぎを仕方なくする人が多い。中国の主席やロシアの大統領には成れないが、日本の総理でもアメリカの大統領にでも自分の頑張りで成れるのだ。貧しい家に生まれたお陰で、職業の自由という特権があるのだ。何と前途洋々ではないか。

貧乏人は楽しい事がいっぱいある

自転車で通勤していたが、やっと中古の軽自動車を買う事が出来たとか、夫婦で今日うなぎを食べに行こうかとか、明日町内の日帰り旅行に行くとか、小さな事もうれしいし、楽しい。金が有り過ぎると、車もベンツ始め六台ある、家は○○ヒルズ、海外旅行も飽きたなど、お金が増えるごとに嬉しい事が少なくなる。人間の幸せは物欲だけでいいのか？　ラーメン一杯食べておいしい！　幸せ！　と思える人生でありたい、な。

貧乏人だけが金に悩んでいる訳じゃない

生活が苦しく、借金があれば悩んで大変だ。お金が要る時、都合がつかないと本当に苦しい。しかし今は大昔と違って、色々相談窓口もある。先ず相談してみよう。「この世で起きた事は、この世で解決出来ない筈が無い」二億の現金持つ金持ちでも、株で一千万円損しようものなら、大損したと夜も眠れない程悩むかもしれない。貧しい人間なら、まだ一億九千万円もあると、悠々だろう。金に振り回されずに生きたいな。

じじいの不満

1 エコカー減税がある。環境に優しい車を買った人は税を優遇しようと言って、電気自動車やプリウスに乗っている。燃費も安く済むし、税金も安い。誰だってプリウスや電動自動車がほしいよ。でもさ、僅かな年金や派遣の不安定な収入じゃ買えなくてさ。貧しい奴ほど高い税金、高い燃費を払う事になるんだ。

2「高校までは制服」――私はこの制服のお陰で随分助かっていたと思う。金持ちや有力者の息子と同じ制服だったので。制服は貧しい生徒の味方だった。貧富の差の激しい現代、はじめは自由でいいなと思うのだろうが、あっという間に片やブランド品ばかり、片や安物の同じ服ばかり着て通学する子が出るだろう。学校制服自由化は悲しい生徒が増えるので、両手を挙げて賛成は出来ない。

3 杉花粉は本当に花粉症の原因なのか？　杉の花粉と工場のエントツや車の排気ガス等が反応して起きると思っているので。排気ガスの基準を厳しくしたらどうだろうか。マスコミ報道では原因は杉花粉で今日は多いからマスクをしましょうみたいな話でアホらしい。日本中の田舎の子供は、春は少し風があると山が真っ白になる程花粉が飛び、皆それを吸っているのに……。三千倍や五千倍じゃないよ、何万倍も吸って誰も花粉症なんかいないよ。企業に遠慮ばかりするな。

4 日本の年金制度は昭和十七年に戦費調達の目的もあり始まった筈である。大企業の社員も、自分が年金の積立をしている事も知らず年金を貰わず亡くなっていった人も、いっぱいいる筈だ。小泉総理が年金引き上げを計画し、選挙になると、「これで百年大丈夫だから」と言って選挙に勝ったが、二年もたたずに足りないと言う。年金は国家と国民の契約なのだ。勝手に支給率を下げるな。支給年齢を上げるな。物価にスライドして年金は必ず上げろ。契約違反だ。国民年金や少額年金で暮らす国民は、生死の問題だ。

5 ロシアのウクライナ侵攻によるまさかの戦争が始まってしまった。ウクライナの国民は誠に気の毒だ。ニュースを見ていると、そのウクライナが、ロシアにあれだけミサイルやロケット砲他猛攻されても市民の死者が少ないのが際立つと思う。現在市民の死者は二万人いっていないと思う。

米ソ冷戦時代のお陰で、当時ソ連邦は核戦争に備えて国中に地下シェルターを作り、食材、水なども備蓄されているので、大製鉄所に千名以上の市民と兵が三カ月以上も地下室暮らしが出来たのも頷ける。人口が日本の十倍もある国や、核大国の国と軍拡競争しても無理な話。外交力を上げるのが先で、国民の命を本当に守る心積もりなら、公共の建物に地下シェルターを設ける事を義務付けるのはどうか。地下鉄のホームの壁際に食糧庫と水の備蓄をする。個人がシェルターを作る場合は、国が八十％補助金を出す。国民の命を守るなら、軍拡よりシェルターだ。太平洋戦争の沖縄では、アメリカの上陸作戦後二カ月で十数万人死んでるよ。

6 マイナンバーカードは、年寄りには何のメリットもなし。免許証以上の身分証明書はない。コンビニで住民票が取れる？　年寄や一般人に住民票は滅多に必要などない。国民の一人一人の首に紐を付けて、税金を取りやすくしたいだけ。

7 緊急避難アラート。「北朝鮮がＩＣＢＭらしき物を打ち上げました。緊急避難アラートをプップップップ……」と鳴らして、誰か逃げた人いる？　逃げるシェルターがどこにあるの？　ロケットの実験で核も爆薬も積んでないだろう。あまり煽り過ぎるな。北が、中国が、怖い怖いと洗脳して、軍事費増額やむなしと思わせる方が怖い事だ。日本も種子島宇宙センターからＩＣＢＭのＨ３ロケットを打ち上げているから、北朝鮮も怖いと思うよ。

8 〈アメリカが民主主義の盟主〉〈アメリカは世界の警察官〉——という言葉も色褪せた。人権や環境問題にも力を、世界をリードしてきたのに……。自国企業を守るためのパリ協定離脱だったり、自国企業に都合が悪いとＴＰＰを離脱したり、世界の警察官として見回るのにピストルの弾《たま》代が不足しているからといって、韓国に駐留費を増額しろと要求したり、日本にも「思いやり予算」をもっと増やせと要求したり。アメリカさえ良ければのトランプが大統領になるようじゃ、政府も国民も余裕がなくなったもんだ。

世界の通貨としてドルが君臨しているが、ドル紙幣はアメリカ政府が保証していて、いつでも金に交換出来る。その裏付けとして、毎年年末近くに連邦銀行の大金庫の扉を開け、床から天井まで山積みされた金のインゴットをかつてはテレビで見せていたが、今やテレビで見ることはなくなってしまった。カラッポで見せる事が出来ないんだろう。

敗戦直後の日本人が毎日食糧探しに歩いている頃、小学校ではアメリカの脱脂粉乳の給食が始まった。アメリカは占領地域救済政府資金（ガリオア／ＧＡＲＩＯＡ）――上記の様な資金だったと思うが――で給食用の粉ミルクを提供し、車の中でパンを作れるバスをアメリカから数十台持ち込み、日本の津々浦々で無償のパンを与えた。子供心に「アメリカはすげえな〜」と思っていた。一軒に自動車が二台もあるんやと、「金持ちやな〜」と思っていた。大人になって大先輩が教えてくれた。

「船戸君、アメリカは政策がすごいんだよ、終戦前から天皇はどうしようとか、アメリカ農業の食糧を売りたいが日本人は米しか食わんからどうしようとか。それでパンを食わせ、ミルクを飲ませた。米からパン食に変えさせれば、ミルクや小麦の輸出が出来るから」

現在その通りになった。世界は民主主義国家より専制主義国家の方が多い現在、自分勝手なアメリカじゃなく強いアメリカ、寛容心のある大国に早く戻ってほしい。

じいさんの思い込み

1 女性は残酷で、男のハゲを見ると目がキラキラしてくる。いつもキャップを被っていると、「もしかしてハゲかも？」とキャップを取って見たがる。「あの人、カツラじゃないの？」と思うと、何とか取って見たがる。ブサイクな女ほどそうだ。じいさんの思い込みであるが。ハゲはほとんど遺伝で、どうにもならん。
生まれたばかりの赤ちゃんの男の子を見ると、将来ハゲる子はすでに剃り込みが入っていて、その通りハゲる。ハゲない子は、生まれた時からビッシリ生えている。後は生まれ育った環境により多少時期がずれるだけ。

赤ちゃんの時から剃り込みが入っている人は、一定の年齢を過ぎた時、ストレスや悩みが出来た時、一気に抜ける。一気に抜けるのを三回くらい経験すると、すっかりハゲになっている。ハゲない人も同じで、ストレスや悩み事のあるたびに頭が白くなる。

三十歳を過ぎたら、ストレスや悩み事を少なくするよう努力しましょう。

2 昭和三十三、四年頃ハワイ在住の日系人が里帰りで来日致しましたと羽田空港で飛行機のタラップを降りてバスに乗り込むところをテレビ画面に映し出されていたが、三十数名の高齢男女が全員頭が真っ白で驚いた。同じ日系なのにハワイに住んでいる人はなぜ白髪になるのか。日本人は米飯中心だが、ハワイ在住となればパンや肉中心の食生活になるからなのか。戦後日本人もパンを食べ四ツ足の動物も食べる量が増えて、年配者に白髪の人が増えた気がする。どうでもいい事なのにチョット気になった。

若い人に告ぐ

大学教授の娘だろうが、金持ちの令嬢だろうが、超美人だろうが、自分が惚れた女性だったら挑戦してみろ。ただ初対面から、「君が好きだ！」「電話番号教えて！」「メールアドレスは？」「住所は？」——こんな男は単なるストーカーだよ。昔から「急がば回れ」「あわてる乞食は貰いが少ない」の諺《ことわざ》もある。

男と女のことも交渉事だ。交渉事には押したり引いたりが必要で、モテない男は押しの一点張りで女に逃げられ、引っ込み思案の男は引いてばかりで女に相手にされずだ。じいさんの経験から言わせてもらう。あの女の子は自分には高嶺の花だと何も出来ずにいて、女の子が彼氏らしき男と歩いているところを見て、「あれが彼氏？　あの程度の男ナラ俺の方が……」と後で思うより、先ず当たって見ろ。「急がば回れ」「あわてる乞食は貰いが少ない」を忘れず、秀吉になれ、秀吉に。

『鳴かぬなら鳴かせて見せよう時鳥《ほととぎす》』——楽しいなぁ人生って。若さは宝。どんな夢も希望もある。

年配の方々に

今年で私は八十三歳になりましたが、物忘れもひどくなり、病院通いもお仕事になりました。去年は心臓の手術を受け、「身体障害者一級」の身ですが、近場なら車にも乗れるし、三十分くらいなら畑仕事も出来るので、毎日楽しく過ごしています。七十歳の頃からボケ防止の足しにと、少しずつ色々覚えました。例えばアメリカ大統領四十六名、アメリカの五十の州名、日本の総理大臣六十六名、オリンピックの開催地三十二都市、日本のノーベル賞受賞者二十八名、国民栄誉賞受賞者二十八名、十五代の徳川幕府将軍名、名古屋城城主十六名、世界にある国百九十六カ国名、その他。

勉強嫌いで、小中学校で宿題も出したことがないだめ人間でしたが、ある時名古屋城へ桜を見に行って、「ここの城主誰だったかな？」と思ったことがきっかけで、一日五人ずつ覚えていき、本を見ないで言えるようになると少し達成感も感じ、「今度は何覚えようかな」となり、色々覚えました。病院の待ち時間も、くり返し練習していると苦にならなくなりました。ゲームだと思って、楽しみながら覚えてみてはいかがでしょうか。

私の様な貧乏男を優しく支えてくれた女性達に感謝しつつ、残り僅かなこの人生、小さな事でも世の人々に喜んでいただける事を、大切な女性と共に探しながら生きていこうと思います。

令和五年七月吉日

船戸てるお

◆東海北陸道美濃インターから十八分、美濃市大矢田《おやだ》字半道字長瀬に個人のバーベキュー場を作っています。遊びに来られる方は是非来て下さい。一、二時間草刈りなどのボランティアで助けて下さるとありがたいです。

四月は桜、四月二十日頃は花桃、五月は藤の花、九月はあけび……。六月は谷川に蛍が出ます。谷川にギギ、沢ガニもいます。

美濃市大矢田字半道にある個人のバーベキュー場。

著者プロフィール

船戸 てるお（ふなと てるお）

昭和15年2月岐阜県生まれ
洞戸中学校卒業
職歴：菓子問屋店員、牛乳販売店店主、
　　　住宅メーカー社員、カラオケ喫茶店店主
現在は畑少々と美濃市のバーベキュー場でのんびり遊んでいます

我が貧乏人生に悔いはなし アハハ

2024年6月15日　初版第1刷発行

著　者　船戸 てるお
発行者　瓜谷 綱延
発行所　株式会社文芸社
　　　　〒160-0022　東京都新宿区新宿1－10－1
　　　　　　　　　　電話 03-5369-3060（代表）
　　　　　　　　　　　　 03-5369-2299（販売）

印刷所　株式会社エーヴィスシステムズ

ISBN978-4-286-25331-2